Les Six Compagnons et l'homme des neiges

Paul-Jacques Bonzon

Les Six Compagnons et l'homme des neiges

hachette JEUNESSE

Tidou

Malin, perspicace, sensible... Tidou, c'est le héros ! Inséparable de son chien, Kafi, il est aussi particulièrement proche de Mady, avec qui il s'entend à merveille et qu'il comprend à demi-mots...

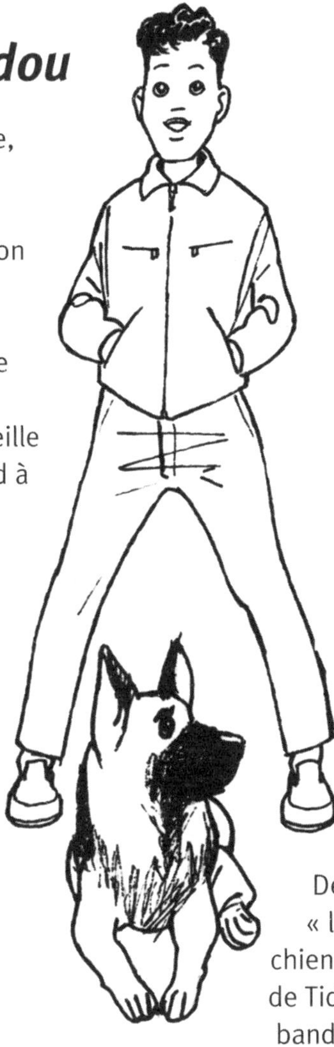

Kafi

De l'avis général, « le plus beau des chiens » !... Meilleur ami de Tidou, mascotte de la bande, c'est surtout un chien policier au flair infaillible.

Gnafron

À cause de sa taille, les autres le traitent de « petit »... N'empêche, il est aussi le plus décidé ! Avec ses idées géniales et sa tignasse hérissée, il ne manque jamais de faire rire ses camarades des Six Compagnons !

Le Tondu

Jamais sans son béret ! Petit, une maladie l'a rendu chauve et il a honte de son crâne qui brille comme une boule de billard. Sa timidité le rend un peu froussard, pourtant, avec ses longues jambes, il est le plus fort de la bande.

Bistèque

De son père, commis-boucher, il a hérité de vrais talents de cuisinier… et d'une certaine tendance à rouspéter ! C'est un passionné d'aviation, qui rêve de grands voyages : impossible de le faire tenir en place !

Corget

Le chef des « Gros-Caillou ». Parfois réservé, il est surtout un ami sincère et fidèle. D'ailleurs, quand il faut passer à l'action, c'est toujours lui le plus courageux.

Mady

La seule fille de la bande.
Les garçons feraient tout pour elle !
Gentille, simple et très franche,
elle fourmille d'idées ingénieuses.
Sans son aide, ses amis des Six
Compagnons auraient parfois
du mal à se tirer d'affaire !

Le texte de la présente édition a été revu par l'éditeur.

Hachette Livre, 43, quai de Grenelle, 75015 Paris.

chapitre 1

Celui qui n'était pas invité

Un robinet fait couler 350 litres d'eau à l'heure dans une cuve cylindrique de 0,90 m de profondeur et de 1,20 m de diamètre. Mais une fuite fait perdre à la cuve 8 litres par quart d'heure. Dans combien de temps la cuve sera-t-elle pleine ?

— Pas de chance ! dit Corget. Encore un problème de robinet. Le prof le fait exprès, parce qu'on n'y comprend rien... Et avec une fuite en plus, comme si on n'avait pas pu réparer la cuve avant de la remplir ! Tu sais le faire, ce problème, toi, Tidou ?

— Je vais essayer.

Chacun se mit au travail dans un silence interrompu par des soupirs de découragement et des froissements de feuilles de brouillon.

Depuis dix minutes, je m'évertuais à chercher le volume de la cuve percée, quand Corget me poussa du coude.

— Lève-toi !

M. le Directeur entrait. En général, ses visites n'annonçaient rien de bon. Quand ce petit homme rond et chauve pénétrait dans une classe, c'était, le plus souvent, pour annoncer une mauvaise nouvelle, une punition collective à la suite d'une bousculade dans la cour, ou pour enquêter sur la disparition d'un imperméable au vestiaire.

— Il vient peut-être pour la fuite, me souffla Corget.

— Quelle fuite ?

— Celle de la cuve !

Je retins un éclat de rire. Mais pour une fois, M. le Directeur paraissait de bonne humeur.

— Chers élèves, annonça-t-il, je vous apporte une nouvelle qui, j'en suis sûr, sera accueillie avec joie. Vous venez d'être choisis pour faire un stage de trois semaines à la montagne… en d'autres termes : une classe de neige.

À ces mots : « classe de neige », les têtes se tournèrent instinctivement vers les fenêtres, comme si, par magie, le sinistre brouillard lyonnais s'était d'un seul coup transformé en flocons blancs. Oubliant que nous étions à l'école, Gnafron se mit à applaudir. La salle tout entière éclata en un formidable bravo que ni le professeur ni le directeur n'osèrent modérer, tant notre joie devait faire plaisir à voir.

Trois semaines dans la neige !... Finis les robinets, les cuves qui fuient ! Finies les conjugaisons, les dictées truffées de pièges !

— Malheureusement, ajouta le directeur, je n'ai pas, pour l'instant, d'autre précision à vous apporter. Je vous donnerai, en temps utile, les indications nécessaires.

Et il s'en fut, tout souriant. Inutile de dire que, le reste de l'après-midi, malgré beaucoup de bonne volonté, nous eûmes l'esprit ailleurs qu'à la Croix-Rousse. Nos yeux distraits ne voyaient que de la neige, des montagnes de neige étincelante.

Le soir, à la sortie, la bande des Compagnons se retrouva sur le boulevard pour discuter de cette extraordinaire nouvelle. Il y avait le petit Gerland, ou plutôt Gnafron, noir de cheveux et brun de peau ; Bistèque, le fils d'un commis-boucher ; le Tondu qui avait perdu tous ses cheveux au cours d'une grave maladie et qui portait toujours un béret, même en classe ; Corget, le chef de la bande, le seul à ne pas avoir de surnom ; un nouveau, le silencieux la Guille, ainsi nommé parce qu'il venait du quartier de la Guillotière, à l'autre bout de Lyon ; et enfin moi, Tidou. Seule manquait Mady, l'unique fille de l'équipe, qui fréquentait une autre école.

Alors, chacun s'est mis à poser des questions. Quand partirions-nous ? Qui nous accompagnerait ? Où irions-nous ? Trouverions-nous beaucoup de neige ?

C'est que, la neige, nous ne la connaissions pas vraiment. Depuis que j'habitais Lyon, je l'avais vue tomber plusieurs fois, l'hiver, mais par flocons clairsemés qui fondaient tout de suite sur les pavés mouillés.

Pendant plusieurs jours, nous attendîmes les précisions annoncées. Elles ne venaient pas. Je commençais à me demander si nous n'avions pas rêvé. Enfin, un soir, avant l'heure de la sortie, le directeur reparut, des feuilles de papier à la main.

— Votre séjour est organisé, déclara-t-il. Vous partirez le jeudi 27 janvier pour Morzine, en Haute-Savoie, avec votre professeur principal, M. Mouret. Sur les feuilles que voici, vos parents trouveront les instructions utiles. En bas, une place est réservée à leur signature. Cette signature est absolument indispensable. Vous ne pourrez partir qu'avec l'autorisation formelle de vos parents. Rapportez ces papiers signés dès demain.

Il les remit au premier de la classe qui nous les distribua aussitôt. Tout était indiqué, en effet, depuis l'heure de départ jusqu'à celle du retour,

en passant par les objets à emporter, vêtements, argent de poche.

Encore une fois, à la sortie, toute la bande se réunit sur le boulevard.

— Moi, je suis tranquille, dit tout de suite Gnafron. Ma mère va signer les yeux fermés.

— Mon père aussi, fit Corget.

— Chcz moi, déclara la Guille, il y aura peut-être un peu d'hésitation, parce que je viens d'avoir une bronchite, mais je suis sûr que mes parents finiront par accepter.

Bistèque et le Tondu, eux, s'inquiétaient plutôt pour le trousseau. Ils trouvaient un peu longue la liste des vêtements à emporter. Leurs parents n'étaient pas riches. N'hésiteraient-ils pas devant une dépense supplémentaire ?

Moi non plus, je n'étais pas très rassuré... pas pour le trousseau, mais à cause de maman. Nous avions longtemps habité en Provence. Maman avait horreur de la neige. Quand je lui montrai la feuille, elle leva les bras au ciel.

— Vraiment, Tidou ? Trois semaines à patauger dans la neige, toi qui n'as jamais fait de ski et qui t'enrhumes si facilement ! Tu n'as pas peur de tomber malade ?

— Mais les autres, maman, je suis sûr que leurs parents les laisseront partir !

— Ce n'est pas la même chose, Tidou. Ils sont

lyonnais, eux, habitués à l'humidité et au brouillard... Alors que toi, un petit Provençal !...

Heureusement, quand mon père rentra de son travail, il sut tout de suite calmer ses inquiétudes.

— Bah ! fit-il, Tidou n'est pas plus sujet aux rhumes que n'importe quel garçon de son âge. Et puis, ils ne seront pas toute la journée dans la neige. Le matin, ils auront leurs cours, comme à Lyon. Tu ne voudrais tout de même pas que Tidou manque la classe pendant trois semaines ?

— Évidemment, soupira maman, il ne faut pas qu'il manque la classe. Après tout, c'est peut-être moi qui me fais des idées sur la neige. Tidou n'aura qu'à bien se couvrir.

La partie était gagnée. Je sautai au cou de mon père et l'embrassai.

Le lendemain, je rapportai donc la fameuse feuille signée à la fois par mon père et ma mère. Les autres Compagnons, eux aussi, avaient la leur.

Alors, pendant les cinq jours qui nous séparaient du départ, il ne fut plus question que de neige. Sur une carte, nous avions repéré la station de Morzine, en plein cœur de la Haute-Savoie. La Guille apporta même deux images de cette petite ville, découpées dans un journal, deux reproductions en couleurs avec des chalets croulant sous la neige. Enfin nous allions faire de la luge, du

ski ! Ce serait autre chose que de dégringoler la rue des Hautes-Buttes sur des patins à roulettes. Mais Corget s'inquiétait déjà.

— Pourvu qu'on ne soit pas séparés, là-bas !

— Aucun risque, le rassura Bistèque, puisque c'est notre prof qui nous accompagne ! Il est gentil. On n'aura qu'à lui dire qu'on veut rester ensemble.

Malheureusement, la bande des Compagnons de la Croix-Rousse ne serait pas complète sans notre chère amie Mady et mon chien Kafi. Pour Mady, bien sûr, c'était absolument impossible ; mais Kafi ? J'étais si ennuyé de le laisser pendant trois semaines que je pris mon courage à deux mains et décidai d'en parler à M. Mouret, notre professeur. Il me répondit :

— Non, Tidou, c'est impossible de l'emmener ! D'ailleurs, il serait malheureux dans la neige. Il n'y est pas habitué.

Le départ était donc fixé au jeudi 27 janvier. Les trente-six élèves devaient se rendre par leurs propres moyens à la gare de Perrache, la plus grande gare de Lyon.

— Surtout, pas de retardataires ! avait recommandé M. Mouret. Le train n'attendra personne.

La bande des Compagnons de la Croix-Rousse s'était donné rendez-vous devant l'ancien atelier de la Rampe des Pirates qui nous servait

de lieu de réunion (notre « caverne », comme nous l'appelions). Les familles, même les plus pauvres, s'étaient mises sur leur trente-et-un. Neufs ou d'occasion, nous portions tous les six de superbes anoraks imperméables, comme le conseillait la fameuse feuille. Suivant même avec trop de zèle les instructions qui recommandaient d'emporter, par précaution, une petite couverture, nos parents nous en avaient donné deux ou même trois... et pas des plus minces. Moi, mes bagages se composaient de deux grosses valises et d'un énorme sac à dos qui me sciait les épaules. Un véritable déménagement !

Mady, qui m'avait demandé de lui confier Kafi pendant mon absence, avait promis de nous accompagner à la gare. Sa hanche, qui la faisait tant souffrir avant l'été, était presque guérie. Mais, comme elle boitait encore, elle arriva au dernier moment. Mon chien était avec elle. Je m'en étonnai.

— Oh ! Mady, pourquoi tu as amené Kafi ? Tu sais qu'on n'accepte pas les chiens dans les bus... Tu ne viens donc pas avec nous jusqu'à la gare ?

Elle sourit, de ce sourire malicieux que nous connaissions bien.

— Si, je vous accompagne... et Kafi aussi ! Notre voisin du dessous est camionneur ; papa le connaît bien. Il est venu passer un moment chez

nous, hier soir. Par hasard, il a dit qu'il devait faire un chargement dans le quartier de Perrache ce matin. J'ai tout de suite pensé qu'il pourrait vous emmener. Il vous attend au coin de la place Morel. Dépêchons-nous. Ce ne serait pas bien de le faire attendre !

Décidément, Mady avait toujours de bonnes idées. Et nous voilà dévalant la rue jusqu'à la place Morel avec nos bagages. La camionnette était assez grande, pour nous accueillir tous parmi les sacs et valises, tandis que Mady s'installait devant, à côté du chauffeur.

À dix heures sonnantes, nous débarquons devant la gare. Presque tous nos autres camarades sont déjà là, certains accompagnés de leur mère, d'autres de leur père, d'autres encore d'une grande sœur ou d'un grand frère... quand ce n'est pas de la famille au complet. Nous nous sentons très fiers d'avoir réussi, tous les six, à persuader nos parents que nous étions assez grands pour partir seuls.

M. Mouret, sifflet en collier sur son anorak (lui aussi s'est offert un superbe anorak), nous aperçoit et s'approche. En voyant Kafi, il fronce les sourcils.

— Comment ! Tu as quand même amené ton chien ?... Tu ne te souviens pas de ce que j'ai dit ?

— Si, m'sieur. Kafi est venu à la gare avec

Mady, notre amie, qui le reconduira chez elle pour le garder pendant ces trois semaines.

— Ah ! Bien.

Rassuré, le professeur s'éloigne pour accueillir d'autres arrivants. Restés seuls, nous bavardons dans le grand hall animé. Mady veut paraître gaie ; pourtant, je la sens un peu triste.

— Vous avez de la chance, dit-elle. Mais je ne suis pas jalouse. D'ailleurs, même si mon école partait aussi en classe de neige, je ne pourrais pas y aller. Je ne suis pas encore assez guérie. La maladie que j'ai eue l'an dernier était trop grave. Le docteur m'a interdit le sport... Et puis, pour me tenir compagnie, j'aurai Kafi.

En entendant son nom, Kafi lève la tête ; lui aussi a le regard triste. Il a très bien compris que je partais sans lui.

Soudain, coup de sifflet ! M. Mouret sonne le rassemblement. C'est le moment de passer sur le quai. Mady tient à nous suivre, avec Kafi en laisse. Le train est déjà en gare. Un demi-wagon nous a été réservé. Pendant que nous nous installons, tous les six, dans le même compartiment, Mady a le plus grand mal à empêcher Kafi de monter avec nous. Pour plusieurs des Compagnons (dont moi), c'est la première fois qu'ils prennent le train. Quelle joie ! Sacs et valises sont rapidement entassés dans les filets, puis nous baissons la vitre pour bavarder encore avec notre amie restée sur le quai.

Sous le grand hall vitré de la gare passe un courant d'air glacé qui oblige Mady à relever le col de son manteau bleu. Jouant le rôle de grande sœur, elle se permet gentiment toutes sortes de recommandations :

— Amusez-vous bien, là-haut !... écrivez-moi souvent !... racontez-moi vos promenades dans la neige !

Mon pauvre Kafi a pris un air de plus en plus malheureux. Dressé au bout de sa laisse, il pose ses pattes de devant sur le flanc du wagon et me regarde en poussant de petits gémissements.

— Tiens-le bien, Mady ! Il serait capable de t'échapper quand le train va partir.

Voici, en effet, l'heure du départ. Une voix nasillarde hurle dans un haut-parleur :

— Train express pour Thonon-les-Bains ! En voiture !

Nous nous penchons à la fenêtre, les mains tendues une dernière fois vers Mady qui lance :

— J'espère que vous aurez du soleil et de la belle neige !

Et elle ajoute, avec son petit air malicieux :

— Surtout pas d'aventures extraordinaires !... D'ailleurs, sans Kafi, vous ne trouveriez pas la clef de l'énigme.

Un coup de sifflet, une légère secousse et le train s'ébranle.

— Salut, Mady !

— Au revoir, les Compagnons !

Lentement, le train glisse sur les rails. Nous nous tendons pour apercevoir encore Mady et Kafi. Déjà, le petit manteau bleu à col de fourrure se perd dans la foule restée sur le quai. Nous agitons les mains, mais tout à coup, au moment où, sur l'ordre du professeur, Bistèque commence à remonter la vitre, Gnafron pousse un cri :

— Kafi !

Kafi s'est échappé des mains de Mady, profitant de l'instant où elle sortait son mouchoir pour répondre à nos adieux. Il court à perdre haleine, sur les voies, cherchant à rattraper le train qui prend de la vitesse. Il galope si vite qu'il a presque réussi à rejoindre notre wagon. De toutes mes forces, je crie :

— Va-t'en !... Va-t'en, Kafi !

Dans le fracas du roulement, Kafi n'entend pas. Langue pendante, il continue de suivre le convoi, dans une galopade effrénée. La gare est déjà à plus d'un kilomètre. Que va-t-il arriver ?... Dans quelques instants, Kafi ne pourra plus suivre le train, qui accélère sa marche ; il se retrouvera sur les voies, loin de la gare, complètement perdu...

Affolé, je me précipite vers M. Mouret comme s'il pouvait faire quelque chose pour mon chien quand, tout à coup, je crois entendre le train freiner... Oui, il ralentit son allure, il s'arrête devant un signal rouge. Haletant, mon pauvre Kafi rejoint notre wagon. Les flancs battants, il me regarde désespéré. Je me tourne à nouveau vers le professeur.

— Oh ! M'sieur, laissez-le monter avec nous. S'il reste sur les voies, il ne retrouvera pas la gare, il est perdu... Sauvez-le !

M. Mouret hésite, mais, au moment où le train s'ébranle de nouveau, il bondit dans le couloir, ouvre la porte donnant sur la voie, et Kafi saute dans le wagon.

chapitre 2

Une étrange voyageuse

Nous roulions dans un gros car beige qui remontait péniblement une vallée profonde où grondait un impétueux torrent.

À la descente du train, à Thonon-les-Bains, notre déception avait été grande. Sous le ciel gris et bouché, le fameux lac Léman dont M. Mouret nous avait vanté la beauté était aussi invisible que s'il n'avait pas existé... Et surtout, dans la campagne, sur la ville, aucune trace de neige.

— Pas de chance ! s'était écrié Bistèque, le « rouspéteur » de la bande. Au lieu de skis, on aurait dû apporter nos patins à roulettes.

Quittant le train, nous nous étions enfournés dans ce car beige qui stationnait devant la gare... En route pour Morzine ! À nous seuls, nous

occupions plus qu'à moitié le gros véhicule. Pour rester séparés des autres voyageurs, nous nous étions entassés au fond, et Kafi se tenait serré entre mes jambes.

Pauvre Kafi ! Je tremblais encore en pensant à ce qui serait arrivé si, par un miraculeux hasard, un feu rouge n'avait pas obligé le train à stopper. M. Mouret avait d'abord été très fâché. Il avait presque cru à un coup monté pour emmener mon chien. Mais, il l'avait vite reconnu, c'était trop invraisemblable.

D'ailleurs, Kafi avait su, depuis, se faire pardonner. Durant le voyage, dans le train, il s'était montré si sage, si discret, que le contrôleur ne l'avait même pas aperçu. Heureusement pour moi, car j'aurais dû payer sa place !

— Mais je te préviens, Tidou, avait déclaré M. Mouret, je ne t'autoriserai pas à le garder avec nous. Tu t'arrangeras pour trouver quelqu'un qui s'occupera de lui pendant ces trois semaines.

Et, pensant à Mady, il avait ajouté :

— Ton amie doit se désoler de l'avoir laissé s'échapper. En arrivant là-haut, tu ferais bien de lui envoyer un mot pour la rassurer.

Le car montait toujours, grondant, trépidant, virant à droite, à gauche. J'étais assis à côté de Gnafron, après le dernier rang des autres voyageurs. Devant nous était installée une vieille paysanne savoyarde, au foulard noir noué sous le

menton. À côté d'elle se tenait une fillette d'une dizaine d'années, vêtue d'un petit manteau vert pomme et coiffée d'un béret noir. Toutes deux ne se connaissaient sans doute pas ; depuis le départ de Thonon, elles n'avaient pas échangé un seul mot.

Cette fillette empruntait probablement ce car pour la première fois. À chaque instant, elle tournait la tête, d'un côté, de l'autre, pour essayer de voir le paysage à travers la buée qui couvrait les vitres. Elle paraissait impatiente d'arriver, plus exactement préoccupée.

— Je crois qu'elle était tout à l'heure dans notre train, me souffla Gnafron. Quand on est descendus, je l'ai vue sur le quai de la gare... Tu ne te souviens pas, Tidou ?

Je n'eus pas le temps de répondre. Une exclamation, lancée du fond de la voiture, nous fit sursauter.

— Regardez ! s'écriait une voix à tue-tête. Regardez !

Debout, le nez contre la vitre, le Tondu montrait quelque chose sur la route. Je me penchai comme les autres. C'était une plaque de neige... suivie d'une autre, puis d'une autre encore. La neige ! Enfin la neige !

À ce moment, le car gravissait, à l'allure d'une tortue, une côte sinueuse et raide. Nous avions le temps de voir. Peu à peu, les espaces entre les

taches blanches se réduisaient et, finalement, elles ne formèrent plus qu'une longue nappe de neige dont l'épaisseur grandissait elle aussi. De la vraie neige ! De la neige comme celle que nous avions admirée sur les affiches de la gare, à Lyon.

Nous étions fous de joie. Amusés par cette excitation, les autres voyageurs riaient. Seule, devant nous, la petite fille au manteau vert pomme ne partageait pas l'enthousiasme général. Plus nous approchions du but, plus elle semblait inquiète.

Enfin, à la sortie d'un tunnel, sombre comme un four, un panneau annonça Morzine à quelques kilomètres. Ce nom, à peu près inconnu de nous tous quinze jours plus tôt, était devenu le mot magique. Il nous arracha des cris de triomphe. Déjà apparaissaient les premiers chalets, couverts de neige. Des doigts se tendaient.

— Oh ! Un téléférique !... un remonte-pente !... des skieurs !... un traîneau !

Agglutinés aux vitres comme des abeilles au miel, nous voulions tout voir en même temps. Enfin, le car traversa un petit pont enjambant le torrent qui nous avait accompagnés tout le long de la route et s'arrêta sur une place, au pied d'un curieux clocher en forme de bulbe.

Nous étions arrivés. Ce fut à qui toucherait le premier cette neige tant attendue qui, subitement, nous avait rendus comme fous. Nous nous pré-

cipitions pour la saisir à pleines mains, nous en barbouiller le visage, nous rouler dedans.

— Plus tard ! s'écria M. Mouret. Occupez-vous d'abord de vos bagages !

Juchés sur le toit du car, deux employés enlevaient une grande bâche et dégageaient les valises et les colis. Nous nous approchâmes pour recevoir nos affaires. Tandis que j'attendais mon tour pour récupérer les miennes, Gnafron me poussa du coude.

— Regarde, Tidou !

— Quoi ?

— La gamine au manteau vert !... On dirait qu'elle ne sait pas où aller ; elle n'a ni sac ni valise.

La fillette semblait perdue, en effet. Elle regardait autour d'elle ces maisons, ce paysage qu'elle paraissait découvrir pour la première fois. Timidement, elle s'approcha d'un skieur qui traversait la place, skis sur l'épaule, et lui demanda quelque chose. L'homme haussa les épaules comme quelqu'un qui ne sait que répondre et s'éloigna. Alors, la fillette revint vers un employé du car, qui réfléchit un instant et, d'un geste, lui indiqua une rue, la seule rue importante du village, celle que nous avions empruntée pour arriver sur la place. La fillette remercia et s'en alla, regardant autour d'elle, comme si elle craignait de se perdre.

— Tu as vu ce qu'elle porte pour marcher dans la neige ? me souffla Gnafron. Même pas des chaussures montantes... et elle n'a pas de gants !

Je la suivais des yeux quand, du haut du car, une voix impatiente lança :

— Eh bien, mon petit gars, qu'est-ce que tu attends ? Tu es dans la lune ?

J'eus juste le temps d'étendre les bras pour recevoir mes deux valises et mon sac, lancés par un employé.

Quelques instants encore et tout notre « bazar », comme disait Bistèque, était descendu. Pendant ce temps, la fillette, elle, avait disparu.

— Suivez-moi, dit M. Mouret. Nous allons d'abord passer à l'école. Le directeur doit nous donner des instructions pour notre installation.

L'école n'était qu'à deux pas de la place, recouverte, comme tous les chalets, d'un immense chapeau de neige. Qu'elle nous parut petite, à côté de notre immense bâtisse de la Croix-Rousse ! Une mauvaise nouvelle nous y attendait. Le gîte où nous devions loger était en mauvais état. La nuit précédente, une partie de sa toiture avait été « soufflée » par une rafale de vent. En cette saison, toute réparation était impossible.

Sur le coup, nous eûmes un peu peur. Nous nous vîmes déjà repartant pour Lyon, sans même avoir eu le temps de goûter à la neige. Mais le

directeur de Morzine expliqua que, par chance, un autre dortoir avait été libéré quelques jours plus tôt que prévu. Tout était arrangé.

— D'ailleurs, dit-il, vous ne perdrez pas au change : celui-ci est plus récent, plus confortable. Malheureusement, il ne contient que trente lits et ce n'est pas possible d'en ajouter d'autres. J'ai pensé, comme c'est déjà arrivé, que quelques-uns de vos élèves pourraient loger ailleurs.

— Ailleurs ? s'inquiéta M. Mouret. C'est que je suis seul pour m'occuper de mes élèves. Comment les surveiller, si je ne les ai pas tous sous la main ?

— Rassurez-vous. Cet « ailleurs » n'est qu'à deux cents mètres au-dessus du gîte. Il s'agit d'un grenier de ferme. Je connais les propriétaires, de braves gens, très sympathiques. Ce n'est pas la première fois qu'ils logent des scouts ou des écoliers. De toute façon, les élèves ne monteront au grenier que pour dormir ou se reposer puisque la cantine est installée dans le gîte. Vous n'avez qu'à choisir, parmi vos plus grands élèves, les plus responsables.

Tous les six, nous avions tendu l'oreille et, bien sûr, la même idée nous était venue.

— M'sieur ! dit vivement Corget. On est volontaires pour le grenier !

M. Mouret nous examina l'un après l'autre. Il avait entendu parler de nos péripéties, mais

il savait que nous ne les avions pas cherchées, et qu'en tout cas nous n'avions jamais fait de bêtises.

— Oui, m'sieur ! insista Gnafron. Laissez-nous monter là-haut tous les six ! Comme ça, Tidou pourra rester avec son chien. Kafi ne dérangera personne. Il serait si malheureux sans son maître !

Gnafron venait de toucher le point sensible. M. Mouret, lui aussi, aimait les bêtes. Notre professeur nous regarda encore une fois et sourit.

— C'est d'accord, je vous autorise à vous installer là-haut. Mais attention ! Pas la moindre bêtise, compris ?

S'il n'avait pas été « le prof », nous lui aurions sauté au cou.

Trois quarts d'heure plus tard, alors que la nuit commençait à se glisser entre la blancheur de la vallée et le plafond sombre des nuages, nous terminions notre installation dans notre grenier. Sur le coup, en entendant prononcer ce mot de « grenier », nous avions pensé à une mansarde sous un toit. Pas du tout. En Savoie, on appelle grenier une sorte de chalet miniature, tout en bois, monté sur quatre pilotis, utilisé autrefois pour conserver les grains à l'abri de l'humidité et des bêtes sauvages. Pour nous, c'était mille fois mieux que la plus confortable des mansardes.

On atteignait ce petit chalet par cinq marches.

L'unique pièce était minuscule : à peine plus de trois mètres sur trois ; mais les six couchettes ne prenaient pas beaucoup de place, car elles étaient superposées : trois d'un côté, trois de l'autre. La porte d'entrée était si basse qu'il fallait se courber pour passer. Au fond, il y avait une lucarne tout juste assez large pour qu'on puisse y glisser la tête.

— Formidable ! s'écria le Tondu. On se croirait encore dans le train. Et pas dans n'importe quel train ! Dans un wagon-lit !

Les mains en porte-voix, il clama à la ronde :

— Messieurs les voyageurs de première classe pour Morzine, en voiture !

Le silencieux la Guille, un peu poète, pensa surtout au paysage.

— On découvrira une vue magnifique, de ce pigeonnier, quand le ciel se dégagera !

Notre premier souci, en arrivant, fut le tirage au sort pour l'attribution des couchettes. Les meilleures places, sans aucun doute, étaient celles du haut. Elles furent attribuées à Bistèque et au Tondu. Gnafron et la Guille « tirèrent » les places intermédiaires ; Corget et moi, celles du bas.

Corget fut un peu vexé. En tant que chef de la bande, il aurait aimé dominer la situation. En revanche, moi, j'étais satisfait. Ainsi, je serais

tout près de Kafi qui coucherait sur le plancher, à portée de ma main.

Nous étions ravis d'être isolés de la ferme, qui se trouvait de l'autre côté du jardinet, ou, plutôt, de ce qui pouvait être un jardinet, car seuls dépassaient de la neige les piquets de sa clôture. Les fermiers, M. Papoz et sa femme, étaient très sympathiques. Ils nous avaient tout de suite appris que deux de leurs petits-fils, à peu près de notre âge, se trouvaient en pension dans un collège de la vallée voisine.

— Installez-vous comme vous voulez dans ce grenier, nous avait dit M. Papoz. Je vous conseille seulement de bien faire attention au feu.

Le feu était, en effet (nous devions l'apprendre bientôt), la hantise de ces régions où tout est construit en bois et où l'eau est souvent gelée. Alors, pour nous éclairer (le grenier n'avait pas l'électricité), le fermier nous avait donné une vieille lanterne que nous suspendîmes au plafond.

Évidemment, notre logis ne possédait pas non plus de moyen de chauffage mais, d'après M. Papoz, dans un espace aussi petit, nous ne serions pas couchés depuis une demi-heure que nous étoufferions déjà.

L'installation terminée, la bande sortit courir dans la neige autour du chalet (car pour nous,

désormais, ce grenier serait un chalet), tandis que nos camarades, plus bas, en faisaient autant autour de leur dortoir.

Mais, tout à coup, je m'aperçus que, dans l'enthousiasme de cette installation, j'avais oublié d'envoyer une carte à Mady. Pauvre Mady ! Elle devait s'inquiéter depuis ce matin !

— Il n'est pas encore six heures, me dit Gnafron. On a le temps avant de dîner. Tout à l'heure, j'ai repéré un bureau de poste près de la place.

Nous courûmes vers le village, suivis de Kafi, que toute cette neige effrayait quand, brusquement, il s'y enfonçait jusqu'au poitrail. Lorsque nous arrivâmes à la « station », comme on dit dans le coin, la nuit tombait. Des lumières brillaient, se reflétant sur la neige, découpant de grandes ombres bleues. Des skieurs rentraient, épuisés. Sur la place, les grelots d'un traîneau tintaient agréablement. Quel merveilleux spectacle pour nous, Lyonnais ! Ah ! Qu'elle était loin, notre Croix-Rousse !

Le froid devait être très vif ; car l'haleine faisait un halo de buée autour des lèvres, mais nous ne le sentions pas. On ne s'en rendit compte qu'en quittant la chaleur suffocante du bureau de poste.

Je choisis la plus belle carte postale, une vue

générale de Morzine sous la neige. Je griffonnai ces mots :

Chère Mady,

Rassure-toi, Kafi n'est pas perdu. Il a rattrapé le train. Il est avec nous. Je t'écrirai plus longuement bientôt.

TIDOU.

Soudain, au moment où je glissais la carte dans la boîte aux lettres, Gnafron tira la manche de mon anorak et me montra une forme immobile sur le pont. Je reconnus aussitôt la fillette au manteau vert. Penchée sur le rebord, elle semblait contempler l'eau qui courait, sous l'arche, dans un bruit d'enfer.

— Je me demande ce qu'elle fait là, dit Gnafron. Elle attend peut-être le dernier car, celui qui va emporter le courrier à Thonon. Attendons, on verra bien !

Malgré la nuit tout à fait tombée et le froid de plus en plus vif, nous demeurâmes sans bouger dans un coin de la place, tandis que Kafi se réfugiait sur un perron pour se mettre les pattes au sec. L'attitude de cette fillette m'intriguait. Aurait-elle été abandonnée ?

— Mais non ! fit Gnafron. Ça n'existe plus, les enfants abandonnés.

— Alors, qu'est-ce qu'elle fait, toute seule, sur

ce pont, comme si elle ne savait pas où aller ? Ça fait plus de deux heures que le car est arrivé.

— D'après moi, elle est venue voir quelqu'un à Morzine, quelqu'un qu'elle n'a pas trouvé. Elle va repartir.

Nous n'allions pas tarder à savoir. En effet, un gros car beige, semblable à celui qui nous avait amenés, vint se ranger au pied de l'église. Des voyageurs s'approchèrent, s'installèrent à l'intérieur. Avec un air de regret, la gamine quitta le pont et se dirigea, elle aussi, vers le véhicule. Allait-elle monter ? Non, elle hésita et, finalement, demeura sur la place. Le chauffeur s'assit devant son volant. D'un long coup de klaxon, il avertit les retardataires et jeta un coup d'œil vers la gamine qui ne se décidait toujours pas.

— Ça y est, dit vivement Gnafron, j'ai compris ! Elle voudrait repartir mais elle n'a pas d'argent pour son billet.

Riches des quelques pièces données par nos parents pour notre séjour, nous nous précipitâmes vers elle. Je lui demandai :

— Tu voudrais prendre le car et tu n'as pas assez d'argent ? Il te manque combien ?

La fillette nous regarda d'un air étrange. Une lueur d'affolement passa dans ses yeux.

— Je n'ai besoin de rien.

Gnafron insista :

— Ne te gêne pas, ça nous ferait plaisir de te rendre service.

Pour toute réponse, la fillette s'enfuit. Notre premier mouvement fut de courir après elle, mais puisqu'elle semblait avoir peur de nous... ! Et puis, il était tard. Nous ne voulions pas arriver les derniers au gîte pour le repas. Je sifflai Kafi, et nous partîmes.

chapitre 3

Des pas dans la neige

Ah ! Ce premier réveil au pays des neiges ! Je m'en souviendrai toute ma vie.

Fatigué par le voyage et les émotions de la veille, je dormais encore profondément quand une voix me tira de mon sommeil :

— Vite !... Levez-vous ! Venez voir !

C'était la Guille. Déjà tout habillé, excité comme une puce, il nous tirait de nos couchettes. Croyant à une catastrophe, le Tondu cria de son perchoir :

— Hein ? Qu'est-ce qui se passe ?... Le feu ?

— Venez voir ! Venez voir ! répétait la Guille.

D'un bond, la bande fut debout. Alors, d'un geste théâtral, la Guille poussa la porte du chalet

et, en même temps, de toutes les lèvres, jaillit le même cri d'admiration :

— Que c'est beau !

Dans la nuit, un miracle s'était produit. Sans bruit, pendant que nous dormions, le vent avait balayé les nuages qui fermaient la vallée. Le ciel était devenu d'une pureté de cristal. En bas, l'ombre noyait encore le village, mais le soleil embrasait déjà les plus hautes cimes d'extraordinaires lueurs dorées. Oui ! C'était beau, mille fois plus beau que sur les plus belles images.

— Hein ! triomphait la Guille. Qu'est-ce que vous en dites ?... Vous m'en voulez vraiment de vous avoir tirés du lit ?

Un long moment, nous demeurâmes en extase, la bouche ouverte, le souffle coupé, devant ce spectacle féerique.

— On va avoir une journée formidable ! s'écria Bistèque en pensant à toutes les joies qui nous attendaient. Il ne faut pas perdre une minute. Vite, habillons-nous !

Un quart d'heure plus tard, nous arrivions au gîte. Pour ce premier jour, M. Mouret n'avait pas voulu sonner un réveil trop matinal, et tout le monde dormait encore. Sans bruit, nous nous glissâmes dans la salle de douches pour une bonne toilette à l'eau glacée, tellement plus agréable que l'eau chaude.

À l'instant où nous sortions, M. Mouret se posta devant nous.

— Comment ? Déjà debout, frais et lavés ? On dort donc si mal à la montagne ?

— Oh non ! m'sieur, fit la Guille enthousiaste, mais le lever de soleil était si beau !

Bientôt, en compagnie de nos autres camarades, enfin levés, nous nous attablions dans la partie du bâtiment qui, selon les heures, servait de réfectoire ou de salle de classe. C'était notre premier petit-déjeuner... petit seulement de nom, car les appétits s'aiguisaient déjà. Et il était si bon, ce lait crémeux de Savoie !

— Dire qu'à Lyon je n'aime pas le lait ! s'étonnait Bistèque. Alors que celui-ci, je pourrais en boire trois bols de suite.

Nous débarrassâmes nous-mêmes les tables pour transformer la pièce en lieu d'étude ; mais l'idée de reprendre l'école ne nous ennuyait pas du tout, au contraire.

— Ça alors ! s'exclama Corget en s'asseyant à côté de moi comme à la Croix-Rousse. Je n'ai jamais été aussi en forme. Aujourd'hui, je réussirais n'importe quel problème sur les robinets... même avec des fuites !

Malgré tout, une explosion de joie accueillit la décision de M. Mouret, pour cette première matinée, de ne faire que deux heures de classe

au lieu de trois, pour nous laisser plus vite nous amuser dans la neige.

À dix heures et demie, nous étions libres. Dans un petit hangar attenant au gîte étaient rangées d'innombrables paires de skis. Chacun s'évertua à chausser ceux qui convenaient le mieux à sa taille. Enfin, tout le monde fut prêt. La grande aventure allait commencer. Et quelle aventure !...

Transformé en moniteur, M. Mouret débuta par une petite démonstration des principales positions. Ce fut pour nous une révélation. L'adresse de notre professeur nous ébahit. Nous ne savions pas qu'il était sportif ! Désormais, nous l'admirerions doublement.

Sur trente-six « gones » (à Lyon, on appelle les enfants des « gones »), trois seulement avaient déjà fait du ski. Et encore, ils n'étaient pas très forts. Pendant deux heures, ce ne furent que chutes et rechutes accompagnées de cris, de rires, de plaisanteries. Chose incroyable, celui qui se tenait le mieux sur ses skis, c'était la Guille, lui qui avait eu tant de mal à apprendre à monter à vélo et qui dégringolait à tous les virages ! Avant la fin de la séance, il réussit, sans tomber une seule fois, à dévaler la pente depuis notre chalet jusqu'au gîte. Mais, incapable de s'arrêter, il fonça directement dans le dortoir !

À midi et demi, autour des tables, nous étions

encore rouges comme des pivoines, avec un creux terrible à l'estomac. Ah ! Si nous pouvions garder ce beau temps pendant trois semaines ! Mais la vieille cuisinière savoyarde se méfiait : au moment où elle apportait le dessert – une savoureuse « tomme » –, Corget lui demanda si le beau temps durerait longtemps, elle secoua la tête.

— Je ne crois pas. Le ciel s'est découvert trop vite, cette nuit ; ce n'est pas bon signe. Je ne serais pas surprise s'il neigeait de nouveau d'ici peu.

Puisque le temps risquait de se gâter, M. Mouret nous laissa rechausser nos skis dès le repas terminé. Quelle surprise ! Était-ce à cause de nos estomacs pleins ? Nous tenions mieux ! Nous prenions de l'assurance. À mon tour, je réussis à descendre du chalet jusqu'au gîte sans tomber, suivi de Kafi qui commençait à s'habituer à la neige et trouvait follement amusant de nous voir partir à la dérive, les quatre fers en l'air.

Mais la cuisinière avait raison. Vers le milieu de l'après-midi, le ciel commença à se couvrir, encapuchonnant les montagnes. Dès quatre heures, il fit à nouveau si sombre qu'on crut à l'arrivée de la nuit. Épuisés par cette journée de plein air, nos camarades regagnèrent leur gîte, tandis que nous remontions vers le chalet. Le

Tondu, chargé de l'éclairage, alluma la lanterne et la suspendit au plafond.

Étendus sur nos couchettes, les membres douloureux, mais ravis, nous revécûmes cette extraordinaire et merveilleuse première journée. Chacun, très fier de ses exploits, éprouvait le besoin de les commenter. Jetant un coup d'œil par la lucarne, Bistèque s'écria :

— Ça y est ! Il neige ! Je viens de voir tomber un flocon !

C'était aussi la première fois que nous voyions tomber de la vraie neige. Malgré le froid, Gnafron poussa la porte toute grande pour la contempler et, comme des gamins de cinq ans, nous ouvrions la bouche pour happer les papillons glacés qui fondaient aussitôt sur la langue. Puis nous regagnâmes nos lits.

Qu'il faisait bon, étendus au chaud tandis que, dehors, la neige tombait lentement. La Guille prit un des livres qu'il avait emportés ; les autres, des journaux illustrés. Moi, je tirai de mon sac crayon et papier pour écrire à Mady, comme je le lui avais promis.

Chère Mady,

Ah ! si tu étais là ! Il n'y a rien de plus beau que la neige...

Mais tout à coup, à l'étage au-dessus, j'aperçus la tête de Gnafron qui se penchait vers moi.

— Tidou !

— Quoi ?

— Toute cette neige qui tombe !... Je ne peux pas m'empêcher de penser à la gamine d'hier soir... Si elle était dehors, à cette heure ?

— Pourquoi est-ce qu'elle serait dehors ? Si elle se trouve encore à Morzine, quelqu'un l'a sûrement recueillie.

— C'est possible, soupira Gnafron. Mais...

— Mais quoi ?

— Je ne sais pas. Si elle est partie à pied quand il faisait soleil, la neige l'a peut-être surprise ?

— Partie où ? Elle avait de l'argent, puisqu'elle a refusé le nôtre. Si elle a quitté Morzine, elle a pris le car ce matin.

— C'est possible…, soupira encore Gnafron.

Il rentra la tête. Je repris ma lettre interrompue pour décrire à Mady ce merveilleux village de neige, mais Gnafron avait coupé mon inspiration. Malgré moi, je voyais passer devant mes yeux le manteau vert de la fillette. Ma belle joie de tout à l'heure était gâchée. Cette petite fille paraissait si désemparée et inquiète, hier soir.

Qu'était-elle devenue ? Gnafron m'avait communiqué, sans le vouloir, une sorte d'anxiété. Repoussant papier et crayon, j'élevai la main vers lui.

— Gnafron ! tu te souviens ? M. Mouret nous a donné la permission de faire un tour dans le village chaque soir avant le dîner. Morzine n'est pas grand. Si elle n'a pas quitté le village, on aura peut-être l'occasion de la rencontrer sur la place ou ailleurs.

Mais j'avais parlé trop fort. Corget avait entendu. Il se dressa sur sa couchette.

— Qu'est-ce que vous marmottez, tous les deux ? De qui vous parlez ?

— Une gamine qui se trouvait dans le car avec nous, hier, et qu'on a aperçue à nouveau dans la soirée. On aurait dit qu'elle ne savait pas où aller.

Tout de suite intéressés, les autres Compagnons se penchèrent. Gnafron raconta la scène du car.

— Et vous n'avez rien dit ? lança Corget sur un ton de reproche.

— Enfilons nos anoraks, proposa Bistèque, et allons faire un tour dans le village.

Dehors, il neigeait toujours. Pourtant, Kafi ne se fit pas prier pour nous suivre. À grands coups de mâchoires, il avalait les flocons, comme des mouches. La place, au pied de l'église, était presque déserte. Personne sur le pont. Nous remontâmes la longue rue bordée de magasins, d'hôtels et de chalets. Les cafés regorgeaient de skieurs et de skieuses qui terminaient leur journée autour d'une tasse de thé. De temps en temps, passait une silhouette encapuchonnée, courbée en deux pour mieux se protéger de la neige. Tout à coup, Gnafron me poussa du coude. Il avait cru reconnaître, sur un trottoir, le manteau vert que nous cherchions. Il s'élança pour le rattraper. La silhouette se retourna. Ce que, dans la nuit, Gnafron avait pris pour un manteau vert n'était que l'anorak bleu d'une jeune Morzinoise allant faire une course, avec son panier.

D'hôtel en hôtel, de chalet en chalet, on atteignit le bout du village. La neige tombait toujours dru. Il était déjà tard. Nous rentrâmes en courant au moment où M. Mouret, les mains en portevoix, nous appclait pour nous dire de descendre.

Le dîner terminé, nous remontâmes vers notre domaine pour nous enfouir sous les couvertures, prêts à dormir. Pourtant, au-dessus de moi, Gnafron n'avait pas sommeil. De temps en temps, il laissait échapper de profonds soupirs. Certainement, il pensait encore à cette petite inconnue. Cela se comprenait. Gnafron n'avait pas eu une enfance heureuse. Tout jeune, il avait perdu son père et une sœur qu'il aimait beaucoup. Certainement, cette fillette égarée dans Morzine lui rappelait de lointains souvenirs.

La Guille et le Tondu, les meilleurs ronfleurs de la bande, emplissaient depuis longtemps le chalet d'un bruit de moteur quand, enfin, Gnafron lui aussi s'endormit. Seul encore éveillé, j'écou-

tai le silence de la nuit, le grand silence de la neige qu'on n'entendait pas tomber mais que je devinais, tissant son épais rideau autour de nous. Comme Gnafron, je pensai avec angoisse : « Si elle était encore dehors ? »

Enfin mes membres et mon cerveau s'engourdirent doucement. J'étendis une dernière fois la main pour caresser Kafi et sombrai dans le sommeil.

Je dormais depuis je ne sais combien de temps quand quelqu'un tira mes couvertures. Je me dressai dans l'obscurité. Toute proche, une voix murmura :

— Tu n'as pas entendu, Tidou ?

C'était la voix de Gnafron, une voix inquiète. Il était debout. Pourquoi s'était-il levé ? Devenait-il somnambule ?

— Entendu quoi ?

— Dehors, contre la porte. On aurait dit quelqu'un qui voulait entrer.

— En pleine nuit ? Avec cette neige qui tombe ? Si quelqu'un avait rôdé autour du chalet, Kafi aurait bougé.

— Justement, il a grondé. Je l'ai empêché d'aboyer. Je ne dormais plus. J'ai sauté de mon lit pour le faire taire. Je suis sûr que quelqu'un tâtonnait contre la porte.

— Pourquoi tu n'as pas ouvert ?

— Je n'ai pas voulu vous réveiller. J'ai eu

peur que vous ne vous moquiez de moi. Je me suis dit qu'après tout c'était peut-être le vent qui poussait une branche contre la porte. Je me suis recouché. Mais maintenant, je ne suis pas tranquille, je ne peux pas me rendormir.

— Écoute, Gnafron, si M. Papoz ou M. Mouret étaient venus, ils auraient appelé.

— C'est bien ce qui me paraît bizarre. Personne n'a appelé. C'était sûrement quelqu'un d'autre.

Dans l'obscurité, je ne pouvais voir le regard de Gnafron, mais je devinai tout de suite à qui il pensait.

— Encore une fois, Gnafron, tu te fais des idées. Cette fille n'est certainement plus à Morzine. Pourquoi est-ce qu'elle se promènerait en pleine nuit dans la neige ?

Gnafron ne répondit pas. Je me levai, me hissai sur la pointe des pieds pour allumer la lanterne. Dérangés par la soudaine clarté, les autres Compagnons poussèrent un concert de grognements, s'agitèrent sous leurs couvertures et se dressèrent.

— Qu'est-ce qui se passe ? demanda Corget.

J'expliquai ce que Gnafron venait de me raconter.

— Comment ! s'étonna le Tondu. Quelqu'un aurait cherché à entrer chez nous ? Ça s'est passé quand ?

— Il y a une demi-heure, répondit Gnafron.

Je n'ai pas rêvé, j'en suis sûr. La preuve, Kafi a grondé.

Nous nous levâmes, en pyjama, pour entrebâiller la porte. Un flot d'air glacé nous scia les jambes. Sans se soucier de s'habiller plus chaudement, Corget décrocha la lanterne, descendit les cinq marches et promena la clarté vacillante sur la neige.

— C'est vrai, fit-il, Gnafron a raison. Voilà des traces de pas qui ne sont pas les nôtres. Regardez ! Quelqu'un a fait deux ou trois fois le tour du chalet. Personne d'entre nous ne s'est amusé à tourner autour du grenier cet après-midi. Ce sont les traces d'un étranger.

— C'est évident, approuva le Tondu, quelqu'un est passé par là depuis peu ; malheureusement, la neige a quand même eu le temps d'adoucir les empreintes. En tout cas, comme le dit Gnafron, l'inconnu a tourné autour du chalet pour trouver l'entrée.

On ne peut pas tenir longtemps sous la neige, en simple pyjama, à une heure du matin. Claquant des dents, Corget nous pressa de rentrer. Le Tondu raccrocha la lanterne au plafond et, à nouveau sous nos couvertures, nous cherchâmes une explication à cette visite nocturne. Pour plaisanter, Bistèque parla de fantômes, mais personne n'avait envie de rire, surtout Gnafron,

qui recommença à décrire les petits bruits entendus. finalement, Corget déclara :

— Il faut en avoir le cœur net ! Cet inconnu n'est certainement pas tombé du ciel. On doit retrouver ses traces d'arrivée et de départ. N'attendons pas que la neige ait complètement effacé les marques.

En un clin d'œil toute la bande fut équipée, grosses chaussures aux pieds, capuches des anoraks relevées. Lanterne au poing, Corget ouvrit la marche.

— L'inconnu est arrivé de ce côté, constata la Guille. Regardez : la partie large des traces, qui correspond à la semelle, est tournée vers le chalet. Il n'avait pas un grand pied.

— Et il est reparti par ici, découvrit ensuite Corget, les trous des talons sont dirigés de ce côté.

— Alors, suivons cette piste, conseilla Gnafron, on saura peut-être où l'inconnu est allé en s'éloignant du chalet.

Les traces étaient faciles à suivre. Personne d'autre n'avait foulé la neige dans cette direction. À cause de petits sapins qui nous auraient gênés à skis, nous avions évité cette pente en bordure d'une forêt où personne ne devait s'aventurer en plein hiver.

Promenant sa lanterne au ras du sol, Corget avançait lentement. Nous le suivions en file indienne. Arrivé à la lisière de la forêt, il hésita à aller plus loin.

— Si, insista Gnafron, continuons !

Les empreintes se prolongeaient sous bois. Cependant, à partir de cet endroit, elles devenaient hésitantes, déviant tantôt à droite, tantôt à gauche, comme si l'inconnu n'avait pas su ce qu'il voulait faire.

Et tout à coup, juste devant moi, Kafi s'arrêta, les oreilles dressées. J'alertai Corget :

— Lève ta lanterne ! Kafi a vu ou entendu quelque chose !

Le champ lumineux s'agrandit autour de nous. Au même moment, le Tondu poussa un cri :

— Là !... Au pied d'un sapin !

chapitre 4

La chambre vide

Il montrait une forme recroquevillée au pied de l'arbre.

— Le manteau vert ! s'écria Gnafron. C'est elle !

La fillette s'était pelotonnée pour se protéger des morsures du froid et de la neige. On distinguait à peine son visage, caché par le col relevé de son manteau. Dormait-elle ? Était-elle évanouie ?... Morte ?

Le Tondu et Corget la soulevèrent et la déposèrent un peu plus loin contre un rocher. Délicatement, Gnafron écarta les cheveux, sur le front de l'enfant. Il prit ses mains.

— Elles sont froides, mais pas gelées !

— Elle est seulement évanouie, dit le Tondu. Portons-la vite jusqu'à la ferme.

Ce fut Gnafron qui, s'emparant de la lanterne, conduisit le groupe le long de la piste.

— Monsieur Papoz ! Ouvrez !

Personne ne répondit. Nous appelâmes tous ensemble :

— Vite ! Ouvrez-nous !

Un rai de lumière filtra à travers les volets de bois. Une fenêtre s'ouvrit.

— Quoi ? Il y a le feu ?

Mais, presque aussitôt, nous reconnaissant dans le halo de la lanterne, M. Papoz s'écria :

— Ah ! C'est vous, mes garçons ! Que se passe-t-il ? Un de vos amis est malade, au grenier ?

— On vient de trouver une enfant évanouie dans la neige. Ouvrez !

La fenêtre se referma. On entendit un bruit précipité de sabots, claquant sur le plancher, puis des voix. M. Papoz et sa femme apparurent sur le seuil à demi vêtus seulement, encore coiffés de leur bonnet de nuit en coton blanc.

— Oh ! s'écria la paysanne en apercevant le corps inerte, une petite fille ! On croirait qu'elle est morte !

On nous fit entrer dans la cuisine, une vaste pièce au plafond bas, où les paysans dressaient leur lit, l'hiver, pour avoir plus chaud.

— François ! commanda la vieille Savoyarde à son mari, ranime le feu pendant que je prépare le lit dans la chambre du fond, puisqu'elle est inoccupée.

Clopin-clopant, M. Papoz sortit et revint avec une brassée de bûches sèches qui ne demandaient qu'à flamber dans la cendre encore chaude.

Le Tondu et Corget s'approchèrent pour exposer l'enfant inanimée à la tiédeur des flammes. Pendant ce temps, la paysanne se dépêchait de faire le lit dans la pièce voisine. Elle emplit d'eau chaude, puisée dans la grande marmite de la cheminée, une bouillotte de terre cuite qu'elle glissa entre les draps. Corget et le Tondu passèrent alors dans la chambre pour déposer la fillette sur le lit.

— Laissez-moi faire, maintenant, dit la fermière, je vais la déshabiller, la frictionner et la coucher. Pauvre petite ! Perdue dans la neige par un temps pareil !

Nos amis nous rejoignirent dans la cuisine.

— C'est ma faute ! soupirait Gnafron, j'aurais dû tout de suite ouvrir la porte, quand j'ai entendu du bruit. Elle va peut-être mourir à cause de moi.

Je le rassurai de mon mieux. Comment pouvait-il se douter que c'était elle qui cherchait à entrer au grenier ? De toute façon, elle n'était

pas restée plus d'une heure dans la forêt ; elle n'était pas en danger.

— Qu'est-ce qu'elle pouvait bien faire dehors, en pleine nuit, sous cette neige ? s'interrogeait Bistèque.

— Elle a probablement quitté Morzine cet après-midi, quand le soleil brillait, supposa Corget. Elle a été surprise par la neige et la nuit qui sont arrivées en même temps, très vite.

— Sans doute, approuva M. Papoz. Mais où pouvait-elle aller de ce côté ?

— Il n'y a pas de chemin ?

— Seulement le raccourci d'un sentier qui mène vers la haute montagne, vers la frontière.

— La frontière... Elle est loin ?

— Ah ! mes petits gars. En été, c'est une simple promenade à la portée de n'importe quel touriste, deux ou trois heures de marche, pas plus ; mais, en cette saison, personne n'aurait l'idée de passer par là pour aller en Suisse.

Soudain, la porte de la chambre se rouvrit doucement.

— Vous pouvez entrer, dit la fermière. Elle n'a pas encore repris connaissance, mais la chaleur du lit et de la bouillotte lui a déjà redonné quelques couleurs.

Nous entrâmes sur la pointe des pieds. La fillette était couchée dans un lit de bois grossièrement taillé, les couvertures remontées sous le menton. Pour la première fois, on distinguait vraiment ses traits. Une des tresses de ses cheveux était dénouée. Les yeux fermés, elle semblait dormir. Quand nous l'avions abordée, sur la place, nous ne lui avions pas donné plus de dix ans, à cause de sa petite taille ; elle était sans doute un peu plus âgée.

— Il faut appeler un médecin, dit Gnafron, effrayé par l'immobilité de la fillette.

— Ce n'est pas urgent, répondit M. Papoz. Qu'est-ce qu'il ferait de plus ? Elle n'a aucune blessure, et ses membres ne sont pas gelés.

— Non, reprit la fermière. Regardez ses mains, elles sont toutes rouges maintenant ; le sang recommence à circuler.

Puis, se tournant vers son mari :

— Elle a seulement besoin de chaleur. Va chercher de quoi allumer du feu aussi dans cette pièce... Quant à nous, retournons dans la cuisine et laissons-la reposer paisiblement. Nous attendrons qu'elle se réveille.

Dans la cuisine, les bûches de bois sec lançaient maintenant de hautes flammes qui léchaient les murs noircis de la vaste cheminée. Chacun trouva une place près du foyer. Alors, M. Papoz et sa femme nous firent raconter comment nous avions trouvé cette fillette.

— J'en suis à peu près convaincu, déclara le

paysan, ce n'est pas une Morzinoise. Ici, tous les gens se connaissent.

— Et ce n'est probablement pas non plus la fille de touristes venus passer des vacances d'hiver dans la région, ajouta la femme. Elle ne serait pas habillée de cette façon. Elle porterait un « fuseau » comme disent les gens de la ville, de grosses chaussures et un anorak. Pour moi, cette petite fille n'est pas riche. Il n'y a qu'à voir son manteau trop court et sa robe. Et ses chaussures, n'en parlons pas. C'est terrible, de devoir marcher dans la neige comme ça !

— Elle vient peut-être de Lyon, comme nous, expliqua Gnafron. Je suis presque certain qu'elle était dans le train qui nous a déposés à Thonon.

— Vraiment ? fit M. Papoz en hochant la tête. Tu crois ?... Toute seule, si loin de chez elle ?

Mais, tout à coup, nous tendîmes l'oreille. Il nous avait semblé entendre un petit bruit de l'autre côté de la cloison. La paysanne entrebâilla doucement la porte, puis nous fit signe de nous approcher. La fillette s'était réveillée. Les yeux ouverts, mais le regard perdu dans le vague, elle ne semblait rien voir.

— Comment te sens-tu, ma petite ? demanda la fermière en lui prenant la main.

Elle soupira et ne répondit pas.

— C'est encore trop tôt, dit M. Papoz. Attendons !

En effet, les paupières de la fillette se refermèrent, comme si elle allait de nouveau s'endormir ; mais presque aussitôt, elle tressaillit, rouvrit les yeux et son regard, tout à l'heure absent, refléta une sorte d'angoisse.

— Billy, murmura-t-elle. Où est Billy ?

— Billy ? questionna M. Papoz. Qui est Billy ?

L'enfant ne répliqua pas. On aurait même dit que cette question l'avait contrariée. Elle détourna la tête, sur l'oreiller.

— Laisse-la, dit la paysanne. Elle n'est pas encore en état de parler. Restons simplement près d'elle, sans la tracasser.

Alors, nous attendîmes en silence. La fillette paraissait somnoler. Pourtant, à plusieurs reprises, ses lèvres remuèrent. On eût dit qu'elle murmurait un nom, toujours le même, celui qu'elle avait prononcé sans s'en rendre compte. Dans la chambre, que le feu de la cheminée emplissait à présent d'une douce chaleur, on n'entendait que le pétillement des bûches dont les flammes traçaient, au plafond, de grands dessins mouvants et lumineux.

Puis, brusquement, un long frémissement parcourut l'enfant. Elle dressa la tête, tenta de s'appuyer sur un coude et promena un regard affolé autour d'elle.

— Où je suis ? demanda-t-elle, la voix rauque. Qu'est-ce qui m'est arrivé ?

— Ma pauvre petite ! fit la paysanne. Tu t'es perdue dans la neige, en pleine nuit. Ces garçons t'ont trouvée dans la forêt, au pied d'un sapin. Une chance ! Tu aurais pu mourir de froid.

Elle serra ses deux bras, en croix, sur sa poitrine, comme si elle se sentait encore dans la neige glacée.

— Tu peux nous dire ton nom ? demanda alors M. Papoz. Qu'est-ce que tu faisais dehors, en pleine nuit ?

La petite inconnue ne répondit pas. Avait-elle entendu ? Avait-elle peur de répondre ?

— Ton nom, reprit le Savoyard. Simplement ton nom et l'endroit d'où tu viens ?

Cette fois, la fillette détourna franchement la tête, tandis que deux larmes roulaient sur sa joue.

— Tu vois bien, François, répéta la fermière. On la tracasse inutilement. Elle nous racontera tout plus tard, quand elle aura dormi suffisamment.

Puis, se tournant vers nous :

— Il est très tard. Vous feriez mieux de rentrer vous coucher. Vous reviendrez la voir demain, quand elle sera remise de ses émotions.

À regret, nous regagnâmes le chalet. Dehors, la neige s'était presque arrêtée de tomber, mais un petit vent glacial nous fit frissonner. Chacun se glissa rapidement sous ses couvertures. Pourtant,

après de telles émotions, comment retrouver le sommeil ?

— J’ai cru remarquer, me confia Gnafron, qu’elle nous regardait, toi et moi, avec plus d’insistance que les autres, comme si elle nous avait reconnus.

— En tout cas, déclara Corget, je ne suis pas de l’avis de Mme Papoz : la fillette n’était pas tout à fait inconsciente. Elle comprenait ce qu’on lui demandait. Elle n’a pas répondu aux questions parce qu’elle ne *voulait* pas répondre.

— Et que signifie ce nom : Billy, qui lui a échappé ? Demain, il faudra lui demander des précisions.

— C’est ça, demain, fit vivement le Tondu. Pour le moment, il faut dormir. Vous avez vu l’heure ? Trois heures du matin !

Du haut de son troisième étage, sans même se déplacer, il souffla la lanterne et notre wagon reprit sa route pour son voyage au bout de la nuit.

Cependant, comme la veille, Gnafron s’agita longtemps sous ses couvertures, avant de trouver un peu de calme. Au moment où je commençais à m’assoupir, il se pencha au-dessus de ma tête.

— Souviens-toi, Tidou, des dernières paroles de Mady, quand on a quitté Lyon : « Il ne vous arrivera rien puisque Kafi ne sera pas avec vous. »

Eh bien, justement, Kafi est là ! Je suis sûr qu'on va tout droit vers une nouvelle aventure.

Après une nuit très écourtée, nous dormions encore à poings fermés quand des coups frappés à la porte du chalet interrompirent notre sommeil.

— Alors, paresseux !... Encore couchés, quand tout le gîte est debout ?

C'était la voix de M. Mouret. Nous sautâmes de nos couchettes, si vivement que le Tondu roula sur le dos de Corget.

— Vous dormiez encore ! s'étonna le professeur. Vous savez qu'il est plus de huit heures ? Vos camarades sont déjà installés devant leurs bols.

Au ton de sa voix, nous comprîmes que M. Mouret était fâché. Alors, Corget expliqua ce qui s'était passé pendant la nuit.

— Comment ? s'écria le professeur. Une fillette perdue dans la neige ?

— Oui, m'sieur, poursuivit le Tondu, elle n'a pas plus de onze ans. Gnafron l'avait entendue gratter à la porte. Sans lui, elle serait peut-être morte de froid... Venez la voir ; on l'a transportée à la ferme. Mme Papoz l'a étendue dans un lit, au chaud. Elle est certainement réveillée maintenant.

Dehors, il ne neigeait plus. Le plafond des nuages s'était relevé à mi-hauteur des mon-

tagnes. M. Papoz et sa femme étaient debout, depuis longtemps sans doute.

— Chut ! fit la paysanne, un doigt sur ses lèvres. Elle dort encore. Tout à l'heure, j'ai entrebâillé la porte, elle ne bougeait pas. Pour avoir plus chaud, elle s'était complètement enfouie sous les couvertures et l'édredon.

Intrigué lui aussi, M. Mouret se fit raconter en détail la scène du sauvetage.

— Oh ! répétait la femme, si vous aviez vu cette pauvre petite ! Sur le coup, je l'ai crue morte.

— Et vous ne savez pas qui elle est ni d'où elle vient ?

— Elle n'est pas du coin, mais un de vos élèves, celui-ci, le petit, affirme qu'elle a voyagé avec vous dans le car, avant-hier. Il pense aussi qu'elle était dans votre train.

M. Mouret se gratta la joue. Cette affaire, en effet, était bien étrange.

— Je serais curieux de la voir, dit-il. Vous êtes certaine qu'elle dort encore ?

— On aurait entendu du bruit ; elle aurait appelé !

La vieille Savoyarde réfléchit.

— Après tout, il vaudrait peut-être mieux la réveiller ; je lui ferais boire quelque chose de chaud.

Elle poussa la porte sans bruit, s'avança sur la

pointe des pieds. Puis elle poussa un cri et revint à la cuisine en courant.

— Elle n'est plus là !

La chambre était vide. Affolée, la paysanne ouvrit l'armoire toute grande. Rien ! Et rien non plus dans le placard. D'ailleurs, les vêtements et les chaussures de la fillette, mis à sécher devant la cheminée, avaient disparu eux aussi.

— Par où a-t-elle pu s'échapper ? s'écria la fermière.

— Par ici ! indiqua Corget. Regardez les battants de la fenêtre, ils sont simplement poussés et la poignée n'est pas tournée. Et on aperçoit des traces de pas sous la fenêtre... des pas qui s'éloignent en direction du village.

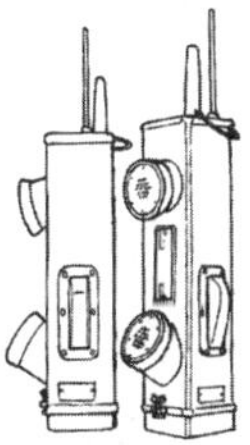

chapitre 5

Les Compagnons ne sont pas d'accord

Ce matin-là, malgré une belle couche de neige toute fraîche et attirante, nous prîmes moins de plaisir que la veille à glisser sur nos skis. Le cœur n'y était pas.

— Eh bien, lançait M. Mouret, qu'avez-vous aujourd'hui ? Allez, recommencez cette descente en chasse-neige ! Et attention ! Tournez correctement, à l'arrivée, devant le gîte !

À midi, bien sûr, le copieux menu fut accueilli avec les mêmes cris d'enthousiasme ; pourtant, à table, les plaisanteries ne fusaient pas comme d'habitude. Avant de quitter le réfectoire, M. Mouret, qui avait l'œil à tout, nous fit signe de le rejoindre.

— Alors, les garçons, vous n'êtes pas en

forme ! C’est à cause du sommeil qui vous a manqué cette nuit ?

— Oh ! non, soupira Gnafron, pas du sommeil. On s’est rattrapés, puisqu’on était encore au lit à huit heures.

— Vous êtes toujours préoccupés à cause de cette fillette ?

— Oui !

— Bien sûr, ce sauvetage, en pleine nuit, vous a donné des émotions. N’y pensez plus. Réjouissez-vous, au contraire, de penser que, sans vous, elle serait peut-être morte de froid dans la neige. Pour le reste, ce n’est plus notre affaire. Je suis passé à la gendarmerie raconter votre découverte. Si cette fillette erre encore dans Morzine, sans qu’on sache d’où elle vient, on l’aura vite retrouvée.

Puis il ajouta en souriant :

— C’est bien d’avoir le cœur sensible... Tout de même, n’oubliez pas que vous êtes ici pour profiter de la neige ; trois semaines sont vite passées.

D’une tape amicale sur l’épaule, il nous renvoya vers nos camarades qui s’amusaient dehors.

— Le prof a raison, approuva Bistèque, on a tort de s’inquiéter pour une gamine qui s’est sauvée en oubliant de remercier Mme Papoz de l’avoir soignée.

Pendant deux heures, on oublia l'incident pour profiter pleinement de cette belle neige merveilleusement glissante. Mais, après le goûter, quand le chalet nous accueillit de nouveau sous son toit blanc, la mine de Gnafron nous apprit tout de suite qu'il y avait du neuf.

— Quoi ? demanda Corget. Et tu étais où, tout à l'heure ? Tu es entré le dernier au réfectoire.

Gnafron sortit de la poche de son anorak une enveloppe froissée où l'encre de l'adresse était délavée.

— Où tu as trouvé ça ?

— Après la leçon de ski, je suis remonté dans les sapins, à l'endroit où on a retrouvé la fille. La lettre est probablement tombée de son manteau, quand le Tondu et Corget l'ont soulevée.

— Bah ! Elle a pu être perdue par quelqu'un d'autre.

— Certainement pas. Personne n'est passé par là depuis la chute de neige de cette nuit.

— Alors, elle s'y trouvait déjà. Notre lanterne éclaire mal, on ne l'a pas vue.

— Dans ce cas, la neige l'aurait recouverte.

— Elle est ouverte ? remarqua Bistèque.

— Oui. C'est une vieille lettre ; regardez le tampon de la poste : *Morzine 18 h – 16/12.* Elle a été postée à 18 heures, ici, le 16 décembre ; il y a donc un mois et demi.

— Tu l'as lue ?

— Oui !... Lisez vous aussi : vous verrez.

Il tendit l'enveloppe à Corget qui en sortit une petite feuille de papier ordinaire. S'approchant de la lanterne, il déchiffra :

« Morzine, 12 décembre.

Chère petite sœur,

C'est la dernière lettre que tu recevras de moi avant longtemps. Je ne peux pas t'expliquer pourquoi, ce serait difficile, surtout par écrit. Quand je suis venu à Morzine, cet été, pour travailler à la construction du téléférique, j'étais confiant. Je gagnais bien ma vie. Avec les économies que je ferais, on pourrait réparer la petite maison de Vaugneray... et puis, un stupide accident est arrivé. Les travaux ont été arrêtés. Au moment où on allait les reprendre, c'est la neige qui est venue. J'ai dû changer de travail. Pardonne-moi de ne pas t'avoir parlé de tout ça dans mes lettres. Je voulais vous éviter des soucis, à grand-mère et à toi. C'est à cause de ce nouveau travail en Suisse que je pars. Ne t'inquiète pas, ma petite Jeannette, de ne plus rien recevoir de ton frère. Arrange-toi pour que grand-mère ne s'inquiète pas elle non plus. Chaque fois que quelqu'un demandera de mes nouvelles, réponds que tu ne sais rien depuis longtemps, que je ne suis pas revenu à Lyon.

Chère petite sœur, je t'embrasse très fort, en grand frère qui pense souvent à toi. Malgré ce qui pourrait arriver, crois-moi, je suis resté honnête et le resterai toujours.

Donc, ma petite Jeannette, ne m'écris plus au Relais des Dranses, *comme tu en avais l'habitude, tes lettres ne me parviendraient plus. Attends que je te donne de mes nouvelles. Sois toujours gentille avec grand-mère et travaille bien à l'école.*

BILLY. »

Quand Corget se tut, il y eut un long silence. Évidemment, cette lettre était tombée de la poche de la fillette, mais qu'en penser ? Tout était mystérieux. Pourquoi ce Billy ne pouvait-il plus écrire à sa sœur ? Pourquoi recommandait-il la prudence envers les gens qui pourraient demander de ses nouvelles ? Une chose paraissait certaine : l'affection qu'il portait à cette petite Jeannette et à sa grand-mère. Mais pourquoi seulement à leur grand-mère ?

— Et l'enveloppe, demanda la Guille, qu'est-ce qu'il y a dessus ?

Gnafron, qui l'avait remise dans sa poche, la ressortit et lut tout haut :

— *Jeannette Nodier, 33, impasse Longuet, Lyon, V*^{e}.

— Cinquième arrondissement ! s'écria Bistèque. Le quartier de Fourvière, celui où j'habitais avant de monter à la Croix-Rousse !

— Cette impasse, tu la connais ?

— Non… Une impasse, c'est forcément un petit bout de rue de rien du tout. Mais je parie qu'elle se trouve près des quais de la Saône, pas très loin de la Croix-Rousse.

— En tout cas, soupira Gnafron, maintenant, on comprend pourquoi cette petite fille est venue à Morzine. Elle espérait y rencontrer son frère, ou trouver quelqu'un qui lui donnerait de ses nouvelles.

— Mais pourquoi être allée se perdre en pleine nuit, dans la neige, hors du village ?

— Si, expliqua le Tondu, ça se comprend. Souvenez-vous de ce qu'a dit cette nuit M. Papoz : le sentier qui passe derrière la ferme est un raccourci conduisant vers la frontière. Elle voulait peut-être rejoindre son frère.

— Alors, objecta la Guille, quelqu'un dans Morzine lui aurait donné l'adresse, en Suisse ?

— Pas forcément. Elle a appris, comme nous, à l'école, que la Suisse est un tout petit pays. Elle a pu s'imaginer qu'une fois là-bas, elle retrouverait facilement son frère... comme elle a cru pouvoir atteindre la frontière.

— C'est possible, approuva Gnafron.

Et il ajouta :

— Si seulement on savait ce qu'elle est devenue ! Pour moi, ce matin, quand elle s'est échappée, elle est tout de suite repartie pour Lyon.

— Alors, dit vivement le Tondu, rien de plus simple, écrivons à Mady, donnons-lui l'adresse. Vous connaissez Mady, elle ira tout de suite impasse Longuet et on sera vite fixés.

— Bonne idée, écrivons tout de suite, s'écria Gnafron. La lettre partira ce soir, Mady l'aura demain. Avec un peu de chance, on recevra sa réponse après-demain.

Et, se tournant vers moi :

— Rédige la lettre, Tidou, tu connais Mady mieux que nous ; tu as l'habitude d'écrire... et tu fais moins de fautes que moi.

Je m'installai sur ma couchette, les genoux remontés me servant de pupitre. Il me fallut quatre longues pages pour expliquer à notre amie tout ce qui s'était passé depuis notre arrivée. Pour plus d'exactitude, je jugeai bon de joindre la lettre trouvée dans la neige.

À six heures, la lettre timbrée, je courus avec Gnafron et Kafi la jeter dans la boîte. Un facteur sortait de la poste, un gros sac de courrier à l'épaule. Il prit ma missive et l'emporta directement au car.

— Maintenant, proposa Gnafron, allons faire

un tour dans le village. On ne sait jamais ; elle est peut-être encore à Morzine... et, en passant, on jettera un coup d'œil sur ce *Relais des Dranses.*

Lentement, nous remontâmes la longue rue bordée de boutiques. Ce soir-là, les passants déambulaient plus nombreux, car le temps s'était radouci. Il ne neigeait plus. Le *Relais des Dranses* se trouvait tout au bout du village, un peu à l'écart, sur un chemin montant vers les sapins. C'était un petit café, d'aspect très modeste, qui contrastait avec les beaux hôtels de la station. Trois mots étaient peints en blanc sur les vitres : BAR – REPAS – CHAMBRES.

— Alors, c'est là que le frère de Jeannette logeait, dit Gnafron. On pourrait entrer.

— Ce n'est pas nécessaire, du moins aujourd'hui... et on n'a pas le temps, c'est l'heure du repas.

En effet, à notre arrivée au gîte, nos camarades étaient déjà au réfectoire. Heureusement, M. Mouret ne s'aperçut pas de notre léger retard ; il venait de conduire chez le médecin un élève qui s'était foulé la cheville.

Le dîner terminé, la bande des Compagnons remonta aussitôt au chalet. Alors Corget, qui, à table, n'avait desserré les dents que pour manger, déclara brutalement :

— J'ai bien réfléchi. On a eu tort d'écrire à

Mady. Après tout, cette histoire ne nous regarde plus.

Surpris, Gnafron fronça les sourcils.

— Pourquoi ? On demande simplement à Mady de se renseigner pour savoir si cette petite Jeannette est bien rentrée chez elle, rien de plus.

Corget hocha la tête.

— Vous connaissez Mady ! Elle voudra en savoir davantage.

— Et alors ?

Un lourd silence emplit le chalet. De sa voix des mauvais jours, Corget reprit :

— Pour tout dire, je n'aimerais pas qu'on soit entraînés dans une sale histoire. La lettre de ce Billy ne me dit rien de bon. Je ne serais pas surpris qu'il ait trempé dans une affaire louche. Pourquoi est-ce qu'il ne dit rien de précis à sa sœur ? Pourquoi est-ce qu'il est passé en Suisse ? Et vous ne me ferez pas croire qu'il est trop occupé pour écrire... Cette lettre a été postée le 16 décembre, mais elle est datée du 12. Il l'a traînée quatre jours dans sa poche avant de se décider à l'expédier. Pour moi, il a fait un mauvais coup, et il s'est réfugié à l'étranger. D'ailleurs, quand on a la conscience tranquille, on n'a pas besoin de répéter qu'on est honnête.

Cette lettre n'était pas claire, en effet. La Guille, qui n'était pourtant pas le genre à voir

le mal partout, approuvait Corget. Ces mots cachaient probablement des choses suspectes.

— Possible ! rétorqua Gnafron. Mais, pour le moment, il ne s'agit pas de ce garçon. Si, comme Tidou et moi, vous aviez vu le pauvre visage de sa sœur, l'autre soir, vous auriez eu pitié d'elle, et Mady, elle aussi, comprendra que cette petite est malheureuse.

En disant cela, Gnafron avait haussé le ton. L'indifférence de Corget et de la Guille le consternait. Moi aussi j'étais peiné et je sentis que le Tondu partageait mon émotion.

— De toute façon, reprit Corget, nous devons parler de cette lettre à M. Mouret, puisqu'elle nous indique l'adresse de la gamine. Il reverra les gendarmes ; ils téléphoneront à Lyon. La police ira faire un tour impasse Longuet, et elle sera tout de suite renseignée.

— Non ! protesta vivement Gnafron. Pas ça !

— Pourquoi ?

— Si Jeannette est rentrée, je ne veux pas que les agents aillent frapper à sa porte. Elle serait effrayée.

— Et si elle n'est pas rentrée ?

— C'est sa grand-mère qui s'affolera. Si elle apprend qu'on a retrouvé sa petite-fille évanouie dans la neige et qu'elle a ensuite disparu de la maison qui l'avait recueillie, elle se rongera d'inquiétude.

— Tu crois qu'elle n'est pas inquiète en ce moment ?

— Je vous le répète, je suis sûr que Jeannette est rentrée.

Une violente discussion s'engagea. Devions-nous mettre M. Mouret au courant, prévenir la gendarmerie de notre trouvaille ? Pour la première fois, la bande des Compagnons de la Croix-Rousse se trouvait divisée en deux camps aussi butés l'un que l'autre. Impossible de se mettre d'accord. Je n'avais jamais vu Gnafron dans un état pareil. Terriblement excité, il traitait Corget, la Guille et Bistèque de lâches et de sans-cœur.

— Oui, clamait-il, vous êtes tous les trois des sans-cœur et des peureux. Vous ne pensez qu'à vous amuser dans la neige et vous trouvez bien pratique de dire que le frère de cette petite est un bandit pour ne plus vous soucier d'elle... Vous voulez que je vous dise ? Au fond, vous êtes vexés parce que, ce matin, elle s'est enfuie sans vous remercier de l'avoir sauvée de la neige.

Heureusement, le paisible la Guille, ennuyé de voir les Compagnons se disputer, finit par trouver un terrain d'entente.

— Arrêtons de nous disputer, dit-il, voici ce que je propose : avant de parler, on pourrait attendre la réponse de Mady. En deux jours, il peut se passer beaucoup de choses. Si le courrier

n'apporte rien après-demain, alors on dira tout à M. Mouret.

— D'accord ! s'écria Gnafron. Mais je suis sûr qu'après-demain, Mady aura écrit !

chapitre 6

La réponse de Mady

La veille, malgré le beau temps, malgré nos jeux fous dans la neige, nous n'avions cessé de penser à la lettre, les uns souhaitant ardemment qu'elle arrive vite, les autres espérant secrètement que Mady n'aurait pas pu courir impasse Longuet.

Car, malgré l'intervention de la Guille, les Compagnons étaient restés divisés en deux camps hostiles. Hier soir encore, nous nous étions endormis sans échanger un mot.

Enfin, ce matin, nous serions fixés. En classe, M. Mouret avait donné un exercice de grammaire sur l'accord des participes. À côté de moi, Corget faisait semblant de se passionner pour ce devoir, mais je le sentais nerveux. Discrètement,

il jetait des coups d'œil à sa montre. Le facteur allait bientôt passer. D'habitude, il arrivait vers neuf heures et demie, frappait deux petits coups à la porte du fond et déposait le courrier sur une table inoccupée où M. Mouret allait le prendre, à l'heure de la récréation, pour nous le distribuer aussitôt.

Jamais le temps ne m'avait paru aussi long que ce matin-là. Enfin, je reconnus le pas du facteur, dehors. Toutes les têtes se retournèrent. L'homme entra, salua le professeur d'un geste, déposa une dizaine de lettres, un journal, referma sa sacoche et repartit. La lettre de Mady était-elle là, dans ce petit tas d'enveloppes ? L'attente était cruelle ! Gnafron n'arrêtait pas de se retourner pour essayer de reconnaître l'envoi de Mady.

Enfin la pause ! Le professeur commença l'appel des noms :

— Poutreau ! Cornet ! Madinier !...

Le petit tas d'enveloppes s'amincissait. Plus que trois, deux, une ! C'était fini. Mady n'avait pas écrit. Consterné, je regardai le Tondu et Gnafron, tandis que nos camarades, à l'écart, souriaient sous cape.

Nous nous retrouvâmes tous dans la cour, ou plutôt dans le champ de neige qui entourait le gîte.

— Vous voyez, dit Corget, c'était à prévoir,

le courrier n'a rien apporté. Allons parler à M. Mouret.

— Non ! supplia Gnafron, pas encore. On aura la lettre demain, certainement. Je vous répète que Jeannette est rentrée chez elle. Si elle n'était pas revenue à Lyon, les journaux en parleraient. Tenez, M. Mouret est en train de déplier le sien. Attendez, on saura tout de suite s'il découvre quelque chose !

Mais Corget était buté. Entraînant Bistèque, il s'avança vers le professeur. Il n'en était plus qu'à quelques pas quand, tout à coup, on vit le facteur réapparaître sur la piste tracée au milieu du champ de neige. Il brandissait une enveloppe au bout des doigts.

— Monsieur Mouret ! Une dernière lettre ! Je l'avais mise de côté, parce qu'elle est mal affranchie, et je l'ai oubliée. Excusez-moi.

Il tendit l'enveloppe à M. Mouret, qui déchiffra l'adresse et jeta un coup d'œil circulaire pour découvrir son destinataire. Son regard croisa le mien ; il me fit signe.

— Une lettre pour toi, Tidou. Mais il n'y avait pas assez de timbres. Tu dois de l'argent au facteur.

Je sortis vivement mon porte-monnaie, payai le prix et courus rejoindre mes camarades. La lettre venait de Lyon. C'était l'écriture de Mady.

— Je savais qu'elle arriverait ! explosa Gnafron, fou de joie.

Malheureusement, la pause était terminée et je dus fourrer l'enveloppe dans ma poche avant d'avoir eu le temps de l'ouvrir. Pendant une heure, ce fut un véritable supplice. Le pauvre Gnafron, de loin, me lançait de longs regards interrogateurs, comme si je connaissais son contenu. Mais, en écoutant la leçon de géographie sur les affluents de la Garonne, je ne pouvais, secrètement, que tâter l'enveloppe dans ma poche. Son épaisseur me rassurait. La lettre devait être longue, très longue. Mady avait donc vu la petite Jeannette et elle nous donnait tous les détails.

Habituellement, à la sortie nous ne disposions que de quelques minutes avant de passer à table. Par chance, ce matin-là, la cuisinière avait eu des ennuis avec son fourneau. Le repas ne serait pas prêt à temps.

— Remontons au chalet, s'écria le Tondu, on sera plus tranquilles pour lire la lettre !

Nous nous assîmes côte à côte, sur les couchettes du bas, et j'ouvrai l'enveloppe. Elle renfermait cinq pages de cahier, cinq pages couvertes d'une écriture en pattes de mouche, tant Mady s'était dépêchée.

— Lis tout haut... et vite ! me pressa Gnafron.

« Chers Compagnons,

J'avais déjà eu, hier, une lettre de Tidou. En recevant celle-ci, j'ai compris qu'il était arrivé quelque chose. Heureusement, je l'ai trouvée, dans la boîte, tout de suite après le passage du facteur car, aujourd'hui, je ne vais pas en classe. Une fuite de radiateur a inondé l'école.

J'ai tout de suite couru impasse Longuet. Grâce à un plan de Lyon, je l'ai trouvée, derrière les quais de la Saône, près de l'église Saint-Jean. Je n'ai pas osé frapper au numéro 3. J'ai demandé à une dame qui balayait le trottoir, devant sa porte, si elle connaissait Jeannette Nodier. Elle a répondu :

— La petite Jeannette ! Bien sûr, elle passe souvent devant mes fenêtres, une gentille petite, qui fait parfois mes courses quand je suis fatiguée. Tu la cherches ?

Embarrassée, je lui ai simplement demandé si Jeannette était chez elle en ce moment.

— Justement, a répondu la dame, je me suis demandé ce qui lui était arrivé. Je ne l'ai plus vue pendant deux ou trois jours. La croyant malade, je suis montée demander des nouvelles à sa grand-mère qui est presque aveugle. Elle m'a dit que sa petite-fille était malade, mais ne m'a pas laissée entrer, comme d'habitude. On aurait même dit que ma visite la gênait.

— Et vous ne l'avez pas revue, depuis ?

— Si, ce matin elle est retournée à l'école, mais en passant devant la fenêtre, il m'a semblé qu'elle tournait la tête, comme si elle n'avait pas envie de me parler.

— Vous êtes sûre que c'était elle ?

— Absolument sûre. Avec son petit manteau vert trop court, son béret, son teint pâlot, on ne peut pas se tromper... Pourquoi tu me demandes cela ?

J'ai bredouillé que je la connaissais un peu et, comme j'avais appris ce que je voulais savoir, je suis partie. Il était onze heures et demie. Pas très loin de là, il y avait une école d'où, tout à coup, j'ai aperçu le manteau vert pomme. Jeannette revenait chez elle, toute seule, l'air triste. J'ai failli courir vers elle. Je n'ai pas osé. Alors, je suis remontée vers la Croix-Rousse. Papa venait de rentrer de son travail. Avec maman, il commençait à se demander où j'avais pu aller. J'étais encore si troublée que j'ai tout raconté.

— Oh ! s'est exclamée maman. Une petite fille de onze ans, toute seule, en Haute-Savoie, perdue dans la neige ? C'est terrible !

Alors, j'ai montré ta lettre, Tidou... et l'autre. Papa a froncé les sourcils. Il a dit que tout ça n'était pas clair et que je ferais bien de ne pas me mêler de ce qui ne me regarde pas. Mais maman, comme moi, a eu pitié de Jeannette. Elle a dit :

— Évidemment, ce qui se passe dans cette famille ne nous regarde pas. Pourtant, à son âge, cette fillette n'est pas responsable. J'imagine qu'elle s'inquiète pour cette lettre perdue. Mady, tu pourrais la lui rapporter cet après-midi, puisque tu ne vas pas en classe ?

Vous imaginez bien que j'ai bondi sur l'occasion ! Je suis donc retournée sur les quais de la Saône. Quand j'ai aperçu la petite Jeannette, sortant de l'école, je me suis approchée. Elle a sursauté et m'a regardée d'un air inquiet. J'ai dit que je voulais lui parler.

— Me parler ? Je ne te connais pas ; laisse-moi !

Elle s'est sauvée. Je l'ai rattrapée. Elle m'a repoussée.

— Laisse-moi !

Alors, j'ai sorti la lettre de ma poche. En reconnaissant l'enveloppe, elle est devenue toute pâle.

— Où tu as trouvé cette lettre ?... Rends-la-moi !

Je la lui ai tendue, sans rien dire. Elle l'a mise dans son cartable et elle est partie en courant mais, vingt pas plus loin, elle s'est arrêtée, puis elle est revenue vers moi me demander où je l'avais trouvée.

Il faisait très froid sur le quai, je l'ai entraînée sous un porche, et j'ai tout raconté. Quand je me

suis tue, des larmes brillaient dans ses yeux. Je lui ai souri.

— Tu sais, Jeannette, ni mes amis, en Haute-Savoie, ni moi ne parlerons de cette lettre. Ils me l'ont seulement envoyée parce qu'ils se demandaient ce que tu étais devenue. On est tous tes amis.

Elle a souri à son tour, pour me remercier, et s'est éloignée, mais elle est encore revenue et a murmuré en rougissant :

— Tu es gentille... Tu veux venir chez moi, voir ma grand-mère ?

Elle m'a emmenée impasse Longuet. Elle habite au troisième étage d'une vieille maison sombre. Sa grand-mère, presque aveugle, a d'abord paru très mécontente que Jeannette lui amène quelqu'un, mais quand elle a su pourquoi j'étais là, elle s'est montrée très émue.

Là, toutes les deux ont parlé. La grand-mère savait que sa petite-fille était allée à Morzine. Jeannette l'avait tellement suppliée que, sans se rendre compte des difficultés et des dangers, elle l'avait laissée partir.

Quand j'ai demandé si elles avaient eu d'autres nouvelles de Billy, depuis cette lettre, elles ont baissé la tête. Jeannette s'est raidie. Elle a dit vivement :

— Billy n'a rien fait de mal. Je suis sûre qu'il reviendra bientôt. Ce qu'on m'a dit là-bas était un mensonge.

Elle m'a alors expliqué qu'en arrivant à Morzine, elle était allée au Relais des Dranses, *où Billy logeait. Embarrassée, la patronne avait répondu que Billy Nodier ne travaillait plus en Savoie depuis longtemps. Comme Jeannette insistait en pleurant, l'aubergiste avait fini par laisser entendre que, dans le coin, Billy était soupçonné d'un vol et qu'il s'était enfui.*

— Non ! Ce n'est pas possible ! s'est écriée la grand-mère. Billy n'aurait pas fait une chose pareille. Je le connais, mon grand Billy. C'est moi qui l'ai élevé, avec Jeannette, quand leurs parents sont morts. Billy a toujours été sérieux et travailleur. Il nous aime beaucoup... La preuve, c'est pour nous qu'il est parti travailler si loin afin de gagner davantage. Il voulait faire des économies pour réparer notre petite maison de Vaugneray, dans la banlieue. Je ne vois plus assez pour sortir dans Lyon ; il disait que là-bas je pourrais prendre l'air dans le jardin. Tu vois, c'est un bon garçon !

Presque à tâtons, elle s'est dirigée vers la cheminée, a pris une photo, dans un petit cadre doré, et me l'a tendue.

— Regarde mon petit-fils ! Il a un visage de mauvais garçon ?

J'ai été frappée par sa ressemblance avec Jeannette, mêmes traits, mêmes cheveux sombres. Il a vingt-deux ans et paraît très sympathique.

Toutes deux sont très inquiètes parce que, la semaine dernière, elles ont eu la visite d'un inconnu, un homme qui portait de grosses lunettes noires et qui se disait vendeur d'appareils photo. Il a beaucoup insisté pour voir Billy, assurant que, quelques mois plus tôt, Billy l'avait chargé de lui trouver un certain appareil, et que, justement, il pouvait lui en procurer un pas trop cher. Jeannette a été étonnée. Son frère aimait la photo, mais ne possédait qu'un petit appareil très simple et n'avait jamais eu l'intention de l'échanger. Elle a pensé que cet homme était un faux marchand, qu'il voulait seulement savoir où était Billy.

Quand je suis partie, la grand-mère m'a suppliée de ne jamais parler de ce qu'elle m'avait dit, mais, en me reconduisant en bas de l'escalier, Jeannette m'a glissé :

— Quand tu écriras à tes copains, en Savoie, demande-leur pardon pour moi de m'être sauvée. Tu comprends, quand je me suis réveillée dans cette chambre, je me suis sentie perdue. J'aurais dû avouer que j'avais essayé de passer en Suisse. On m'aurait demandé pourquoi. On m'aurait peut-être emmenée chez les gendarmes, j'aurais été obligée de parler de Billy. Alors, je suis vite redescendue au village et j'ai pris le premier car qui partait pour Thonon.

Mais elle a ajouté, après une hésitation :

— Tu pourrais peut-être quand même leur demander d'essayer de savoir où est mon frère. On est si malheureuses, grand-mère et moi !

Elle s'est mise à pleurer sur mon épaule ; je l'ai embrassée et je suis partie pour avoir le temps de vous écrire. Il est sept heures. Je cours poster ma lettre, avant la dernière levée du soir. J'espère que vous l'aurez demain. Oh ! Si on pouvait aider cette petite Jeannette !

MADY. »

J'avais lu cette longue lettre d'un seul trait et personne n'avait soufflé un seul mot. Quand je relevai la tête, mes amis demeurèrent longtemps immobiles, visiblement bouleversés. Il y eut un silence puis, tout à coup, Corget se leva, tendit la main à Gnafron et dit, la voix tremblante d'émotion :

— Tu avais raison, Gnafron, il valait mieux garder le secret de cette petite Jeannette. Comme ça, on pourra peut-être plus facilement l'aider.

Notre brouille était finie. La bande des Compagnons de la Croix-Rousse était redevenue unie comme avant. Oui, cette fois, nous étions tous d'accord. Il fallait aider la fillette au manteau vert pomme à retrouver son frère.

chapitre 7

La bague en or

Plus d'une semaine déjà que nous étions à Morzine ! Les jours filaient. L'état idéal de la neige, le beau temps presque continu nous permettaient un apprentissage sérieux du ski. Nous n'étions plus des débutants, loin de là ! Maintenant, la petite côte entre le chalet et le gîte ne nous suffisait plus. Chaque après-midi, M. Mouret nous conduisait de l'autre côté de la vallée sur une vraie piste dont on atteignait le sommet par un remonte-pente. Ah ! Les remonte-pentes ! Quelle merveilleuse invention !

Plusieurs d'entre nous étaient même devenus très forts, la Guille en particulier, qui se risquait à faire du slalom dans le sillage du professeur. Seul Gnafron manquait encore d'assurance. Il se

tenait sur ses skis comme la Guille sur son vélo. Chaque fois qu'il voulait éviter un obstacle, il fonçait droit dessus et culbutait, mais il en aurait fallu davantage pour le décourager.

Pourtant, malgré ces joies sans cesse renouvelées, nous étions toujours hantés par le mystère qui entourait la disparition de Billy. Depuis la lettre de Mady qui nous avait tant bouleversés, nous ne pensions plus qu'à cette petite Jeannette. Elle nous était devenue sympathique ; nous aurions fait n'importe quoi pour l'aider à retrouver son frère.

Mais justement, que pouvions-nous pour elle ?

— Évidemment, dit un jour Bistèque, on ne connaît personne à Morzine, et si par hasard on retrouvait des ouvriers qui ont travaillé sur le même chantier que Billy, ils ne sauraient rien... ou ne voudraient rien dire.

— En tout cas, dit le Tondu, c'est difficile de savoir ce qui a obligé Billy à passer en Suisse. Une chose m'étonne : si on le soupçonnait d'avoir fait quelque chose de mal, la police le rechercherait. Elle aurait fait une enquête, impasse Longuet. Mais l'unique visite que Jeannette et sa grand-mère ont reçue, c'est celle du vendeur à l'allure louche.

— Oui, approuva Corget, la visite de cet inconnu est le seul détail important. Dommage qu'on n'en sache pas plus.

Je répondis aussitôt :

— Je vais écrire de nouveau à Mady. Elle retournera chez Jeannette, on aura des précisions.

Le soir même, une lettre partit donc pour Lyon. La réponse arriva le surlendemain. Dès qu'elle avait reçu ma lettre, Mady s'était précipitée chez Jeannette. D'après Jeannette, l'homme qui avait frappé à sa porte était grand et fort. Il avait le teint bronzé, cuivré plutôt, qui faisait penser à un Espagnol, mais il parlait français sans accent étranger. Il portait (comme nous le savions déjà) d'épaisses lunettes noires et une petite moustache brune à la Charlot. Mais Jeannette avait surtout remarqué une énorme bague en or, à son petit doigt gauche, une bague si grosse que Jeannette avait distingué l'initiale gravée sur le chaton : la lettre M ou N.

Ces indications pouvaient suffire pour reconnaître l'homme, mais, vraisemblablement, il habitait Lyon ou la région de Lyon. Nous n'avions aucune chance de l'apercevoir à Morzine. D'ailleurs, Jeannette pouvait se tromper. Pourquoi cet homme ne serait-il pas, comme il le disait, un simple vendeur ambulant ? Billy aimait la photo mais n'avait peut-être pas mis sa sœur au courant. Il pouvait très bien être à la recherche d'un nouvel appareil.

Pourtant, à partir de ce jour-là, instinctivement, chaque fois que nous descendions dans le village, nous dévisagions tous les passants. Malheureusement, dans une station de sports d'hiver, les porteurs de lunettes noires ne manquent pas... et comment découvrir une bague sous les moufles ou les gants qui protégeaient les mains des morsures du froid ? Quant aux moustaches à la Charlot, je n'en découvris que sous le nez d'un vieux monsieur qui traînait la luge de ses petits-enfants.

— Si on retournait rôder autour du *Relais des Dranses* ? me proposa le Tondu, un soir, à l'heure du quartier libre.

C'était un samedi. La rue principale grouillait de monde, les magasins regorgeaient de clients. Le temps était d'ailleurs très doux. On se serait presque cru au printemps. Derrière les vitres embuées du *Relais des Dranses* se découpaient les silhouettes de clients attablés.

— On entre, décida le Tondu.

J'hésitai un peu, à cause de M. Mouret.

— Il ne serait pas content s'il nous savait ici.

— Bien sûr, fit le Tondu, mais ce n'est pas pour nous amuser.

Je le suivis. Presque toutes les tables étaient occupées par des ouvriers ou employés d'hôtel qui venaient là passer un moment, après leur travail ou leur service. On s'installa au fond et je commandai deux jus de fruits.

De notre coin, nous pouvions observer toute la salle, envahie par la fumée des cigarettes. Les clients discutaient bruyamment. Ils parlaient de leur travail, de la saison qui était bonne à cause de la neige abondante. La patronne était très occupée à faire le service. Je dis au Tondu :

— Ce n'est pas le moment d'aller la déranger.

Nous restâmes longtemps à regarder les allées et venues des clients, comme si nous attendions quelqu'un. Je venais de faire remarquer au Tondu qu'il était bientôt l'heure de rentrer, quand, à une table proche de la nôtre, des gens se mirent à parler du nouveau téléférique dont la construction avait été arrêtée à cause d'une rupture de câble. Et tout à coup, je crus entendre prononcer un nom : Billy. Je poussai le Tondu du coude.

— Oui, disait un gars d'une vingtaine d'années, je me souviens de lui. On travaillait ensemble sur le chantier. Ce n'était pas un garçon très bavard. Ses jours de repos, il les passait à arpenter la montagne pour prendre des photos... de belles photos, d'ailleurs. Qui aurait pensé ça de lui ? Sur le coup, je ne l'ai pas cru mais, puisqu'il a disparu...

— Bah ! fit un autre, qui avait l'air d'un employé d'hôtel, Billy a peut-être trouvé du travail ailleurs qu'à Morzine.

— Du travail ? Il en avait trouvé. Comme il s'y connaissait dans le développement des pel-

licules, le patron de Photo-Flash l'avait embauché pour la saison. C'est même là que j'ai appris ce qu'il avait fait.

— Et il a fait quoi, exactement ?

— Exactement, je n'en sais rien, mais il paraît qu'un beau matin, on a retrouvé le tiroir-caisse vide... et Billy s'était envolé sans laisser d'adresse...

Là-dessus, les clients finirent leurs verres, se levèrent et sortirent. Je regardai Corget. Il était consterné comme moi. Alors, ce que la patronne du *Relais des Dranses* avait dit à Jeannette, à demi-mot, était vrai. Tout le monde, dans le coin, considérait Billy comme un voleur.

Nous sortîmes à notre tour pour rentrer en courant au gîte, car il était tard. De retour au chalet, après le dîner, le Tondu rapporta à nos camarades la conversation entendue au *Relais des Dranses.* Leur réaction fut semblable à la nôtre. Cette fois, l'accusation portée contre Billy était précise : il avait volé de l'argent ! Devions-nous, dans notre prochaine lettre, annoncer cette pénible nouvelle à Mady pour la transmettre à Jeannette ?

— Non ! trancha Gnafron. Ce serait terrible pour Jeannette. On ne peut pas faire ça tant qu'on n'en est pas sûrs.

— D'ailleurs, remarqua le Tondu, si le marchand de Photo-Flash a réellement trouvé, un matin, son tiroir-caisse vide et s'il soupçonne

Billy, il a probablement porté plainte... et s'il a porté plainte, la police a fait une enquête ; elle s'est renseignée au *Relais des Dranses* où il logeait. La patronne de l'auberge a donné son adresse à Lyon. Donc, comme je le disais, la police serait allée impasse Longuet. Pourtant, Jeannette et la grand-mère n'ont rien vu... à part le vendeur d'appareils photo.

— Alors ? interrogea Bistèque.

— Soit le photographe n'a pas été volé, soit il n'a pas porté plainte.

— Et pourquoi il n'aurait pas porté plainte ? s'étonna la Guille.

— Le vol n'était peut-être pas important. Si le marchand est un brave type, il n'a pas voulu que Billy ait des ennuis. Il lui a simplement dit de partir.

Sur le coup, cette explication nous soulagea un peu. Cependant, Gnafron réfléchit :

— Votre raisonnement ne tient pas debout. Si le marchand voulait vraiment éviter que Billy ait des ennuis, il n'aurait pas laissé courir le bruit d'un vol dans sa boutique, et, surtout, Billy ne serait pas passé de l'autre côté de la frontière, sachant qu'on ne le tracasserait pas. J'en suis certain : il est allé en Suisse parce qu'il avait peur, et même très peur.

Cette discussion n'éclairait rien, au contraire.

Ce soir-là, avant de m'endormir, je pensai

longtemps à la petite Jeannette. Si son frère était coupable, c'était affreux. Pendant mon sommeil, toutes sortes de cauchemars vinrent me hanter. Je voyais des mains, des mains avides plonger dans des tiroirs, en retirer des liasses de billets. Ces mains, je voulais les retenir et je n'y parvenais pas.

Le lendemain, la proposition de Gnafron de se renseigner à Photo-Flash fut accueillie comme le seul moyen d'éclaircir cette affaire. Bien entendu, on entrerait dans la boutique sous un prétexte, histoire de voir les lieux et la tête du marchand. On attendit avec impatience l'heure à laquelle, chaque soir, M. Mouret nous laissait libres, après le ski. Je n'avais pas envie d'emmener Kafi, mais Gnafron, qui a un faible pour lui, insista :

— Bah ! Laisse-le nous suivre ; il aime la neige comme nous, maintenant.

Un peu à l'écart de la rue principale, Photo-Flash était une petite boutique en bois, en forme de chalet, comme beaucoup de magasins à Morzine. L'enseigne, toute neuve, représentait le Roc d'Enfer, un des plus beaux sommets de la région, se détachant en blanc sur un fond d'azur. D'un côté de la vitrine, étaient disposés des appareils photo et des caméras, de l'autre de petits objets souvenirs : chalets miniatures, poupées savoyardes, cloches de vache… Je dis à Gnafron :

— Ça tombe bien ; avant de repartir, je voulais justement acheter quelque chose pour mon petit frère Geo.

Nous entrons donc, avec Kafi, qui aime toujours fourrer son nez partout. Au tintement des grelots de la porte, la marchande apparaît, soulevant le rideau qui sépare le magasin de l'arrière-boutique. C'est une femme élégante qui porte de nombreux bijoux. Elle est aussi très parfumée. D'un ton aimable, elle demande ce que nous désirons. Je montre les chalets peints, sur une étagère. La marchande m'en indique le prix. Ils sont beaucoup trop chers pour moi.

— Si vous préférez, dit la marchande, j'en ai d'autres, plus petits et plus abordables.

Pour atteindre un rayonnage, elle grimpe sur un escabeau mais, à ce moment, un incident se produit. Dans un fracas épouvantable d'aboiements, Kafi vient de bondir en direction d'un petit chat gris qu'il a découvert, dormant sur un coussin. Kafi n'est pas l'ennemi des chats ; il ne leur fait aucun mal, mais il aime les taquiner en aboyant férocement et en faisant semblant de les pourchasser.

Surprise, ne comprenant pas ce qui vient d'arriver, la marchande pousse un cri et, dans sa précipitation à descendre de l'escabeau, cogne

une étagère qui bascule. Une boîte en carton glisse, tombe sur le plancher et, dans le choc, perd son couvercle. Ça alors ! Elle ne contient pas un appareil photo, comme l'indiquait l'étiquette, mais... deux revolvers.

La marchande se précipite pour les ramasser et les range vivement dans la boîte, sans se préoccuper des autres petits bibelots également tombés.

Est-ce à cause de la frayeur causée par Kafi, de la chute de cette boîte ? Elle est devenue toute rouge, puis très pâle.

— Ce n'est rien, dit-elle vivement, des revolvers à bouchon, pour les enfants... ils ne sont pas abîmés... je... je me demande comment ils se trouvaient là.

Puis, reprenant son assurance, elle replace la boîte sur l'étagère, tandis que je m'excuse pour Kafi qui, tout penaud, s'est réfugié entre mes jambes. La marchande me montre alors des modèles de petits chalets peints, mais, à plusieurs reprises, elle ne peut s'empêcher de jeter un coup d'œil sur l'étagère comme si celle-ci risquait de basculer à nouveau.

Les petits chalets présentés sont encore très chers. Pourtant, après cet incident, je ne peux pas partir sans rien acheter. J'en choisis un, et nous sortons du magasin avec Kafi.

Sans échanger un mot, nous rejoignons la rue principale. Alors, Gnafron se tourne vers moi.

— Qu'est-ce que tu en penses, Tidou ? Tu crois vraiment que ces revolvers étaient des jouets ?

Je me posais la même question.

— Non, Gnafron, c'étaient sûrement de vrais revolvers. En tombant, ils ont fait un bruit lourd, et j'ai eu le temps de voir leur canon ; il n'était pas assez gros pour des pistolets à bouchon.

— C'est vrai, et tu as remarqué avec quelle rapidité la marchande les a remis dans la boîte ? Elle n'a même pas ramassé la petite poupée qui était tombée à côté.

Nous remontons en courant au chalet raconter l'incident.

— Étrange, en effet, remarque Bistèque. Certains commerçants cachent une arme, dans leur boutique, au cas où ils seraient attaqués, mais pas deux. Vous êtes sûrs que ce n'étaient pas des jouets ?

— La marchande n'aurait pas eu cet air affolé ; elle ne nous aurait pas donné une explication qu'on ne lui demandait pas.

— Alors, conclut la Guille, peut-être que ce magasin vend aussi des armes ?

— Impossible ! riposte le Tondu. Seuls les armuriers ont le droit... et ils doivent inscrire le nom de leurs clients sur un registre contrôlé par la police.

De plus en plus intrigués, nous discutons encore longtemps de cet incident et, finalement, décidons d'envoyer à nouveau un Compagnon, demain, à Photo-Flash, avec l'espoir d'apprendre encore quelque chose.

Le lendemain soir, donc, le Tondu se propose, puisqu'il est préférable que ni Gnafron ni moi ne retournions dans la boutique.

— J'avais justement envie de rapporter une petite poupée savoyarde à ma sœur, dit-il. Vous pouvez compter sur moi.

Comme si nous avions un pressentiment, nous l'accompagnons à proximité de la boutique.

— Attendez-moi là. Je me débrouillerai pour faire parler la marchande. Je dirai que j'ai connu un certain Billy, qui faisait de belles photos. Je verrai la tête qu'elle fera.

Il s'éloigne à longues enjambées. Un instant, sa silhouette se détache sur la vitrine éclairée, puis il entre.

Trois ou quatre minutes s'écoulent. Il reparaît tout à coup. En si peu de temps, il n'a sûrement pas appris grand-chose. Il revient vers nous en courant, l'air bouleversé :

— L'homme !... celui qui est venu chez Jeannette... c'est lui, le photographe. Il est dans la boutique, je l'ai reconnu à sa bague, une bague énorme avec l'initiale M.

chapitre 8

L'homme des neiges

Cette découverte était troublante, si extraordinaire que nous doutions encore.

— Je vous jure que c'est lui, affirma le Tondu. Il est grand et fort, comme l'a indiqué Jeannette, avec des cheveux bruns et le teint très bronzé.

— Et les lunettes ?

— Il n'en porte pas.

— Une moustache ?

— Non... justement, ni lunettes ni moustache ; à mon avis, il s'était déguisé pour ne pas être reconnu, quand il s'est présenté chez Jeannette.

Étendus sur nos couchettes, nous discutâmes longtemps avant de nous endormir. L'homme exerçait-il deux métiers : photographe à Morzine

et, en même temps, vendeur ? La Guille fit la moue.

— On comprendrait qu'il ait un autre métier pendant la basse saison ici, au printemps et à l'automne, mais en plein mois de janvier, quand les hôtels regorgent de monde...

— D'ailleurs, ajouta Bistèque, il n'aurait pas eu besoin de se déguiser.

— Moi, ce qui m'étonne, fit Gnafron en fourrageant dans sa tignasse, c'est son teint. Il est vraiment si bronzé ?

— Je n'exagère pas, répond le Tondu. Il a le visage « cuit » par la neige et le soleil, comme les skieurs qui dévalent les pentes du matin au soir... Mais pourquoi cette question ?

— Parce qu'un photographe passe son temps enfermé dans l'obscurité, au fond de son laboratoire ; ce n'est pas là qu'il peut prendre des couleurs.

— C'est sûr, approuva Corget, mais il a probablement un employé, celui qui a remplacé Billy, pour s'occuper du développement des pellicules et du tirage des photos. Pendant ce temps-là, le patron peut se promener dans la neige.

— En tout cas, répliqua le Tondu, on ne l'a jamais rencontré sur les pistes. Avec sa carrure, son teint mat, je l'aurais remarqué.

— Moi, ce qui me paraît bizarre, fit la Guille à son tour, c'est qu'un sportif de ce genre, taillé en athlète, soit peureux au point de cacher deux revolvers dans sa boutique.

— Bah ! c'est peut-être sa femme qui est peureuse, objecta Bistèque.

— Possible... mais pourquoi cacher ces armes sur une étagère qu'on n'atteint qu'avec un escabeau ? Si l'homme ou la femme étaient attaqués, ils n'auraient pas le temps de les prendre. Non, si ces revolvers ont été cachés dans le magasin, c'est pour que personne, la police par exemple, ne vienne les chercher.

Bistèque avait peut-être raison, mais nous n'étions pas tellement avancés. Il fallait poursuivre l'enquête, secrètement, en faisant, à tour de rôle, de petites visites à Photo-Flash.

Soudain, une autre idée me traversa l'esprit.

La boutique la plus proche du magasin était une épicerie située à une cinquantaine de mètres, en bordure de la rue principale. J'y étais allé quelquefois acheter du chocolat qui complétait les goûters un peu maigres pour mon appétit devenu féroce. Kafi m'avait accompagné, et un jeune vendeur (probablement le fils du patron) l'avait caressé, disant qu'il n'avait jamais vu un aussi beau chien-loup.

Le soir même, je retournai à l'épicerie sous prétexte de renouveler ma provision de chocolat. La boutique était presque déserte. En me revoyant avec Kafi, le garçon s'empressa de me

servir. Pendant qu'il caressait mon chien, j'amenai la conversation sur Photo-Flash. Le garçon fit la moue.

— Les gens qui tiennent cette boutique ne sont pas d'ici. Ils se sont installés à Morzine à l'automne dernier. Ils se disent parisiens. En tout cas, des gens riches. Tu n'as pas vu leur voiture ?... une américaine, avec un capot long comme ça ! Pourtant, ce n'est pas ce que peut rapporter leur magasin. Il n'est pas très bien situé, et la photo, ça ne vend pas comme l'épicerie.

— Alors, pourquoi ils sont venus ici ?

Le garçon haussa les épaules.

— Probablement pour le ski. Lui, c'est un mordu de la neige. Dans le coin, on l'appelle même « l'homme des neiges », à cause de son anorak blanc. Il ne se contente pas de descendre les pistes tracées, il sort aussi avec son employé, dans la montagne.

— Son employé ?... Tu le connais ?

— Non, il a une tête qui ne me revient pas. Ils sont toujours ensemble. Figure-toi qu'ils sortent même la nuit. L'autre matin, je m'étais levé tôt pour régler la chaudière qui s'emballait, je les ai aperçus qui rentraient au chalet.

— Tu as entendu parler d'un autre employé qui s'appelait Billy ?

Le garçon me regarda curieusement, un peu gêné.

— Oui, Billy, je l'ai connu. Il entrait quelquefois à l'épicerie. Je le trouvais sympathique. Un jour, on parlait de photo et il m'avait montré celle de sa petite sœur qu'il avait laissée à Lyon. Ça m'a fait de la peine quand j'ai appris qu'il était parti avec la caisse ; je ne voulais pas le croire. Depuis, on n'a jamais su ce qu'il était devenu.

Je remerciai le garçon et remontai au chalet. J'avais surtout retenu que « l'homme des neiges », comme on l'appelait, sortait la nuit avec son employé. Était-ce simplement pour faire du ski quand tout le monde dormait dans la station ? Même pour des mordus de glisse, ces sorties nocturnes pouvaient paraître étranges. À des heures si inhabituelles, aucun téléférique, aucun remonte-pente ne fonctionne. Que pouvaient-ils faire dans la montagne ?

— C'est simple, déclara Gnafron, le seul moyen de le savoir est de se cacher près de Photo-Flash, d'attendre qu'ils sortent et de les suivre.

Notre séjour à Morzine était bientôt terminé. Dans moins d'une semaine, nous serions de retour à Lyon. Si nous voulions éclaircir le mystère qui nous troublait, il fallait faire vite. La bande décida que, dès le lendemain soir, le Tondu, Gnafron et

moi – avec Kafi, bien entendu – irions nous dissimuler près de Photo-Flash.

Le ciel était sans lune, mais dégagé quand on quitta le chalet. À cause de la réverbération de la neige, on se serait cru seulement à la tombée de la nuit. Il était dix heures. Personne sur la place de l'église. Pourtant, beaucoup de lumières brillaient encore, dans les salles à manger ou salons des hôtels. Derrière les vitres embuées d'un bar-discothèque, des skieurs dansaient.

Je trouvai facilement un abri derrière un petit hangar voisin de l'épicerie où j'avais questionné le garçon, un endroit idéal pour surveiller le chalet du photographe. Avec nos grosses chaussures et les capuches de nos anoraks rabattues, nous ne sentions pas le froid. Il ne restait plus qu'à s'armer de patience. Pris de remords en pensant à M. Mouret qui nous croyait sagement étendus sur nos couchettes, le Tondu fit en soupirant :

— Qu'est-ce qu'il dirait, s'il nous savait là ?

— Bien sûr, répondit Gnafron, mais ce qu'il redoute, par-dessus tout, ce sont les accidents, et ici, on ne craint rien. D'ailleurs, dans une heure on sera au lit.

Le temps passait. Au loin, sur la place, le clocher de la petite église laissa s'échapper onze coups. Puis un coup tout seul, celui de la demie.

— Ils ne sortent peut-être pas toutes les nuits,

supposa le Tondu. Pourtant, par ce temps si clair !...

Il achevait à peine que deux ombres se détachèrent du chalet, deux ombres d'hommes encapuchonnés dans des anoraks clairs. Le cœur battant, nous les vîmes se pencher, fixer leurs skis. Allaient-ils passer devant nous pour rejoindre la rue principale ? Non, ils montèrent une légère pente, derrière le chalet, et obliquèrent ensuite à gauche pour passer au large des habitations et des hôtels.

— Ils vont peut-être traverser le torrent sur le petit pont de la place, supposa Gnafron, prenons-les de vitesse.

La rue principale était, maintenant, complètement déserte. Courant à perdre haleine sur la neige tassée de la chaussée, nous atteignîmes la place pour nous réfugier dans l'ombre de l'église. Comprenant qu'il se passait quelque chose d'anormal, Kafi se blottit contre moi sans grogner ni aboyer.

Quelques instants plus tard, les deux hommes apparurent, dans un étroit passage entre le parapet de la rivière et la terrasse d'un hôtel. Ils traversèrent, en biais, la place mal éclairée.

— Regardez ! souffla le Tondu. On dirait qu'ils vont chez nous !

Ils s'engagèrent, en effet, dans le petit chemin qui montait, en pente douce, vers le gîte,

mais, avant de l'atteindre, ils quittèrent le sentier pour passer derrière la ferme de M. Papoz. À leur façon de skier à longues foulées souples, on voyait bien, comme l'avait dit le petit gars de l'épicerie, qu'ils étaient tous les deux des sportifs entraînés. Nous dûmes faire de gros efforts pour les suivre de loin.

Cependant, à trois cents mètres au-dessus de la ferme, ils s'arrêtèrent, ouvrirent leurs sacs à dos et en sortirent des objets, qu'à cette distance il était impossible de distinguer.

— J'ai compris, dit tout à coup le Tondu, ce sont des peaux de phoque qu'ils vont fixer à leurs skis, pour ne pas déraper. Ils s'apprêtent certainement à attaquer une longue montée.

En effet, ils repartirent aussitôt, longeant la forêt, empruntant le raccourci dont avait parlé M. Papoz, celui qui menait à la frontière.

— Impossible de les suivre, soupira Gnafron. Ils vont trop vite pour nous.

Nous nous contentâmes de les regarder, aussi longtemps que possible, gravir les pentes enneigées. À coup sûr, ils n'étaient pas sortis pour une simple promenade. Ils n'auraient pas pris cette mauvaise piste semée de rochers et de troncs d'arbres, une piste qu'ils pourraient à peine redescendre plus vite qu'ils ne la montaient. Où allaient-ils donc ?

Leurs silhouettes disparaissaient déjà au loin

quand un souvenir me revint. La veille, M. Mouret nous avait prêté sa longue-vue pour suivre deux alpinistes qui tentaient l'arête verglacée du Roc d'Enfer. Nous ne l'avions pas encore rendue. Je courus la chercher, au chalet tout proche, et, en même temps, j'alertai mes camarades :

— Venez ! L'homme des neiges vient de passer près d'ici, avec un autre. Ils grimpent vers la haute montagne.

À notre retour, les deux skieurs n'étaient plus visibles. Le grossissement de la longue-vue était supérieur à celui de jumelles ordinaires, mais son champ moins étendu. Retrouver les deux hommes au bout de la lorgnette fut tout d'abord impossible. L'instrument passa de main en main. Ni Corget, ni Bistèque, qui avait une vue perçante, ne réussirent à retrouver la trace des skieurs.

Par chance, du premier coup, la Guille les vit au bout de l'objectif. Ils se trouvaient déjà très haut, sur un éperon enneigé, et continuaient leur marche.

— Ne les lâche plus ! s'écria Gnafron. Tu serais incapable de les retrouver.

Alors, haletant, nous restâmes suspendus aux lèvres de la Guille qui commentait l'ascension :

— Ils montent toujours !... Ils s'arrêtent pour se reposer !... Ils viennent de repartir !... Je ne

les vois plus !... Si, ils sont là !... Ils tournent à droite !...

Malheureusement, le ciel, parfaitement clair au début de la nuit, commençait à se couvrir, justement du côté de la montagne. Tout à coup, la Guille annonça, navré :

— Fini ! Ils viennent de disparaître dans les nuages, juste au moment où ils arrivaient sur la crête.

Il était inutile d'insister, car la montagne tout entière se noyait maintenant de brume. Elle ne se redécouvrirait certainement pas avant le petit jour. Glacés d'être restés longtemps immobiles, nous rentrâmes au chalet. Nous ne saurions donc pas, ce soir-là, ce que les deux hommes étaient allés faire, si haut, en pleine neige.

chapitre 9

Le grand départ

Le lendemain, malgré une nuit écourtée, nous fûmes debout de bonne heure. Le brouillard s'était complètement dissipé. Je me penchai à la lucarne. Dans la clarté du jour naissant, il était facile de reconstituer l'itinéraire emprunté par les deux hommes. La Guille, qui avait suivi leur ascension au bout de la longue-vue, expliqua :

— Je vois très bien. Ils ont longé la forêt givrée avant de contourner l'énorme bosse de rochers où la neige ne s'accroche pas, et que vous apercevez à droite. Puis ils sont passés entre ces deux grands sapins isolés qu'on distingue très bien à l'œil nu. Quand le brouillard les a surpris, ils allaient atteindre cette arête, en forme de dos de chameau.

Cette crête toute blanche, qui paraissait déjà très haute, se détachait faiblement sur une autre, plus élevée encore, qui marquait certainement la frontière. Qu'existait-il entre elles ?… une vallée ?... un plateau ?

— Probablement un plateau, expliqua Bistèque. Si la montagne se creusait profondément entre les deux crêtes, les deux hommes auraient pris un autre chemin.

La lunette passa de nouveau de main en main. Impossible de deviner ce que cachaient les premières cimes, ni même d'évaluer la distance qui les séparait des autres. Pourtant, au cas où les deux hommes seraient encore dehors, nous cherchâmes longtemps à les surprendre sur le chemin du retour. Rien. Étaient-ils déjà rentrés ? Ne redescendraient-ils à Morzine que plus tard : la nuit prochaine, par exemple ?

Nous n'allions pas tarder à le savoir. Au moment où nous dégringolions vers le gîte pour le petit déjeuner, M. Mouret demanda à l'un d'entre nous de courir à la pharmacie chercher un flacon de mercurochrome pour soigner les écorchures qu'un camarade venait de se faire, dans le dortoir, en tombant sur le plancher.

— Moi ! proposa le Tondu.

Il revint un quart d'heure plus tard. Grâce à ses jambes en pattes d'araignée, il avait eu le temps de passer à la pharmacie et de faire, en courant, un crochet jusqu'à Photo-Flash. À sa grande surprise, il avait aperçu l'homme des neiges, derrière les vitres du magasin. Ainsi, les deux skieurs n'avaient sans doute pas poussé leur expédition jusqu'à la frontière, ils n'auraient pu être si tôt de retour. Était-ce le brouillard qui les avait obligés à rebrousser chemin ?

— Je ne crois pas, dit Gnafron. Je pense plutôt qu'hier soir, quand la Guille les a aperçus pour la dernière fois, ils étaient sur le point d'atteindre leur but.

— Possible ! s'écria Bistèque. Descendons jeter un coup d'œil sur la carte épinglée au gîte.

Sur la porte du réfectoire, en effet, M. Mouret avait affiché une carte des environs de Morzine, la carte offerte par l'office du tourisme. Tous les sentiers, pistes et chemins y étaient indiqués.

— Regardez ! montra Gnafron. La première crête ne cache pas une vallée mais un plateau. Ces petits points noirs représentent des chalets.

Gnafron avait raison, un vaste plateau devait s'étendre entre les deux chaînes, mais nous n'étions pas plus avancés. Il fallait donc reprendre notre surveillance le soir même. Puisque les deux hommes empruntaient le sentier, derrière la ferme de M. Papoz, nous n'aurions pas besoin d'aller nous geler les pieds près de Photo-Flash. Nous ferions le guet par la lucarne de notre chalet.

Ce soir-là, une fois le repas terminé, nous regagnâmes notre poste d'observation. Par chance, M. Mouret avait oublié de réclamer sa longue-vue, et la nuit était aussi claire que la veille, plus limpide même. S'ils passaient derrière la ferme, les deux hommes ne pouvaient nous échapper.

Une heure s'écoula... puis une autre encore. Personne. Au loin, minuit sonna au village. Toujours rien.

— Il est trop tard, soupira Bistèque, ils ne viendront pas ce soir. Ou alors, ils ont suivi un autre itinéraire.

Gnafron était très déçu.

— Dire que le secret de la disparition de Billy est peut-être caché là-haut et qu'on ne saura rien. Dans trois jours, on rentre à Lyon et ce sera fini !

De rage, il tirait sur sa tignasse noire embroussaillée, et il se coucha en bougonnant.

Pourtant, il refusait de s'admettre pour battu. Le lendemain, il demanda à Bistèque et à la Guille, qui n'étaient encore jamais entrés à Photo-Flash, de visiter le magasin, sous prétexte d'acheter un petit souvenir (décidément, nos frères et sœurs ne pourraient pas se plaindre d'avoir été oubliés). Avant de les envoyer là-bas, je leur expliquai où était placée la fameuse boîte à revolvers : sur la dernière étagère, à gauche,

une boîte verte, presque cubique, portant une étiquette d'appareil photo.

Quand ils revinrent (chacun avec un chalet miniature), ils affirmèrent que la boîte verte avait disparu de son étagère.

— Donc, conclut Gnafron, c'est qu'elle contenait de vraies armes. Les propriétaires ne l'auraient pas fait disparaître si elle ne renfermait que des jouets.

Toute la journée, une sourde inquiétude nous oppressa, comme à l'approche de graves événements. Sur la nouvelle piste, plus difficile celle-là, où M. Mouret nous avait entraînés, aucun d'entre nous ne réussit vraiment à s'amuser. Nerveux, Gnafron accumula chute sur chute et brisa même un de ses skis. Une seule pensée nous préoccupait. Allions-nous enfin, ce soir, si la nuit était claire, apprendre où se rendaient les skieurs ?

Dès neuf heures, nous étions de nouveau au poste d'observation, derrière la lucarne. Malheureusement, le ciel était bas. Quelques flocons de neige voltigeaient même autour du chalet, poussés par un vent glacial.

— Ça m'étonnerait qu'ils se risquent dehors cette nuit, par un temps pareil, dit Bistèque.

Il se trompait. Ma montre marquait à peine onze heures quand le Tondu, de garde à la fenêtre, nous fit signe. Il venait d'apercevoir une

silhouette, puis une autre, se glissant derrière la ferme. C'était eux. Mais les silhouettes, tout de suite happées par la grisaille, se fondirent dans la nuit. Une seule certitude : elles s'étaient engagées sur la même piste que l'autre fois.

Le mauvais temps n'avait donc pas arrêté les deux hommes ! S'ils sortaient sous la neige, ce n'était pas pour une simple promenade.

— Vous avez remarqué, souligna le Tondu, ils sont partis plus tôt que l'autre nuit.

— À cause de la brume, expliqua Gnafron. Dans la « brouillasse » et la neige fraîche, on avance moins vite. Ils ont prévu que la montée serait plus longue que d'habitude. Pour moi, ils ont un rendez-vous quelque part là-haut.

L'explication était juste. Elle ne fit qu'exciter notre imagination.

— Oui, conclut Corget, maintenant, je suis convaincu, moi aussi, qu'ils vont faire là-haut un travail louche... Seulement, pour nous, c'est fini. Il ne nous reste plus qu'à tout raconter à M. Mouret qui préviendra la gendarmerie.

Gnafron lui lança un regard foudroyant.

— Ah non ! Tu ne vas pas recommencer !

Mais, cette fois, au lieu de se rebiffer, Corget répondit calmement :

— Écoute-moi, Gnafron. Tu sais que, maintenant, je ferais n'importe quoi pour aider Jeannette... Seulement, tu vois bien que c'est

impossible. Alors, plus tôt la police sera prévenue, plus tôt commencera l'enquête.

Un sourire sceptique plissa les joues de Gnafron.

— À condition que la police nous croie. Les gendarmes répondront à M. Mouret que ses élèves sont venus à Morzine pour faire du ski et pas pour jouer aux détectives en espionnant les gens qui se promènent au clair de lune.

Il ajoute en se redressant :

— Et puis, on n'est pas encore partis ! Il nous reste toute la journée de demain. Attendons le dernier moment pour parler à M. Mouret.

Gnafron avait dit cela avec une telle conviction que personne ne trouva rien à répondre. Nous étions loin de nous douter, et lui aussi, que cette dernière journée allait nous jeter dans la plus effarante des aventures !

Ce soir-là donc, nous veillâmes encore longtemps, dans notre chalet, en pensant aux étranges escalades de ces deux hommes. Avant de m'endormir, je passai doucement le bout de mes doigts dans la belle fourrure de Kafi.

— Après-demain, on retrouvera les trottoirs humides de Lyon, lui murmurai-je. Toi aussi, j'en suis sûr, tu regretteras cette belle neige. Je t'emmènerai sur les quais de la Saône, voir Jeannette. La pauvre ! Ah ! Si on avait pu lui

apporter la bonne nouvelle que son frère n'avait rien fait de mal et qu'il la retrouverait bientôt !

Quand je me réveillai, le lendemain, quelle surprise ! Jamais la vallée n'avait été aussi belle. Neige et brouillard avaient disparu, chassés par le vent de la nuit. On aurait dit qu'à la veille de notre départ, la montagne avait voulu revêtir sa plus belle robe de fête pour mieux se faire regretter. Jamais, non plus, le soleil n'avait été plus éclatant, la neige plus étincelante. Un vrai décor de rêve !

Au gîte, nos camarades étaient fous de joie. M. Mouret, lui-même, était tout guilleret. Il se frottait les mains en chantonnant. Au moment où nous achevions notre petit-déjeuner, il se leva, demanda le silence et annonça :

— Écoutez-moi tous ! Je tiens à ce que vous gardiez un souvenir inoubliable de ces vacances de neige et, en même temps, je veux vous récompenser d'avoir été si sages. Puisqu'il fait très beau, vous n'aurez que deux heures de classe ce matin. Je viens de demander à la cuisinière d'avancer le repas. Je vous autorise à faire ce que vous voudrez cet après-midi... Je recommande seulement à ceux qui choisiront de faire une longue promenade à skis de rester en groupe. Tout le monde devra être de retour au gîte à six heures précises, pour l'appel.

Un tonnerre d'applaudissements salua cette

annonce. Pour remercier le professeur, chacun se mit au travail avec entrain. Mais nous avions la tête ailleurs. Heureusement, M. Mouret n'avait pas prévu, pour ce dernier jour, de problèmes sur les robinets et les cuves qui fuient ! Dès midi et demi nous étions libres, vraiment libres. Pour nous six, la question ne s'était pas posée longtemps de savoir ce que nous ferions de cette liberté.

— C'est simple, expliqua Gnafron. J'ai tout calculé. L'autre nuit les deux hommes ont atteint le plateau en moins de deux heures. Même en marchant beaucoup moins vite qu'eux, on a largement le temps de monter là-haut et d'être de retour pour six heures. Cette nuit, il a à peine neigé. Les traces des skieurs sont sûrement encore visibles. On saura peut-être où ils sont allés ?

Mais, pendant ces trois semaines, nous avions beaucoup entendu parler des dangers de la montagne. Nous ne voulions pas partir sans annoncer à M. Mouret notre projet de faire une grande randonnée. Au moment de lui parler, mon cœur se serra. S'il refusait ! Non, il était de bonne humeur et optimiste.

— Quelle idée de grimper dans la montagne quand les pistes balisées sont si belles, fit-il en riant. Mais si ça vous fait plaisir ! En tout cas, je vous le répète, restez toujours groupés.

Tout de même, il alla tapoter le baromètre. L'aiguille baissa un peu, mais elle demeurait encore haut, près de l'indication « temps clair ».

— Pas d'inquiétude, le rassura la cuisinière, le beau temps durera au moins toute la journée.

Il n'était pas une heure quand la bande quitta le chalet, équipée comme pour une expédition polaire, les poches bourrées de chocolat et de biscuits. Bien sûr, Kafi nous accompagnait. Il aurait fait un beau vacarme si je l'avais laissé à M. Papoz. En trois semaines, Kafi s'était transformé en chien esquimau. Il raffolait de la neige et s'y vautrait comme un enfant.

Joyeusement, nous saluâmes Morzine qui, en bas, étincelait sous sa carapace blanche. Et en route pour les cimes !

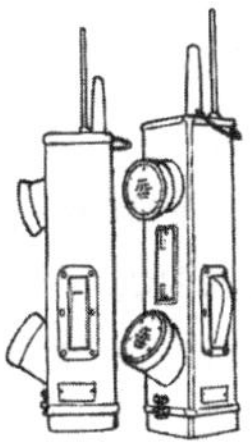

chapitre 10

Un Compagnon a disparu

Nous marchions depuis près d'une heure. Sans peaux de phoque pour empêcher nos skis de glisser en arrière, nous montions en grands zigzags pour adoucir la raideur de la pente, mais au risque de perdre les traces des deux hommes.

— Courage ! répétait la Guille, devenu notre chef de file.

Pourtant, à bout de souffle, il fallut bientôt s'arrêter. Après la pause, malgré l'épaisseur de la neige, on décida de poursuivre l'ascension, skis sur l'épaule, jusqu'à l'endroit où, après les deux grands sapins isolés, la pente deviendrait moins raide. Tombant presque à l'aplomb sur ce versant exposé en plein midi, le soleil était brûlant. Nous transpirions à grosses gouttes.

Kafi tirait la langue comme par un jour de plein été.

Enfin, après avoir longé l'interminable forêt, nous atteignîmes les fameux sapins au pied desquels, l'autre nuit, la Guille avait vu passer les deux hommes. Il ne s'était pas trompé. Malgré une légère couche de neige fraîche, des traces de skis étaient parfaitement visibles. Elles formaient même une véritable piste – ce qui prouvait que les hommes n'étaient pas passés là qu'une seule fois. Gnafron, qui n'avait pas de montre, demanda combien de temps nous avions mis pour arriver jusque-là. Il fut effaré de constater qu'il avait fallu près d'une heure et demie.

— Tant que ça ? s'étonna-t-il. Vite, rechaussons nos skis. Il faut qu'on soit là-haut avant quatre heures si on ne veut pas rentrer en retard au gîte.

Il s'élança le premier, poussant comme un forcené sur ses bâtons. Comme nous l'avions observé d'en bas, à partir des sapins, la pente s'adoucissait. En revanche, plus nous prenions de l'altitude, plus la couche de neige fraîche s'épaississait. Nous nous enfoncions dans cette poudreuse, soufflée par le vent. Mon pauvre Kafi s'y enlisait profondément et n'osait plus quitter le sillage de mes skis. Malgré nos efforts, nous perdions de précieuses minutes au lieu d'en rattraper.

Enfin, la crête fut en vue. Comme prévu, ce n'était pas une vraie crête, mais l'arête vive d'un immense plateau. En l'atteignant, Gnafron poussa un cri de triomphe :

— Des chalets !...

Ils étaient deux, enfouis au loin, dans la solitude blanche, deux de ces maisonnettes où l'on ne vient qu'en été, quand les troupeaux paissent sur les hauteurs et qui, depuis six mois, dormaient sous leur carapace glacée.

— Regardez ! cria Gnafron. Malgré la neige fraîche, on distingue toujours les traces des skis. Elles s'éloignent en direction des habitations. C'est là que les deux hommes vont la nuit.

Les habitations étaient presque à l'extrémité du plateau, au pied de la frontière. À quelle distance exacte ? C'était difficile à évaluer. Corget consulta sa montre :

— Trois heures cinq ! Tout n'est pas perdu... mais il faut faire vite !

La perspective de toucher bientôt au but nous donnait des ailes. Reprenant la tête de la troupe, la Guille nous entraîna dans son sillage. Mais plusieurs petits incidents venaient encore nous retarder. Bistèque avait des ennuis avec la fixation de son ski droit, le Tondu avec le lacet d'une chaussure.

— Bizarre ! s'étonna Corget au bout d'un

moment. Plus on avance, plus les chalets semblent reculer. Ils étaient donc si loin ?

Redoublant d'énergie, nous accélérâmes mais, subitement, en me retournant pour voir si Kafi me suivait, une crainte me saisit.

— Regardez le pic de Nyon... Il est « chapeauté » !

Chapeauté, c'était le mot de M. Papoz pour dire que le sommet d'une montagne se couvrait de nuages ; d'après lui, ce n'était pas bon signe, surtout quand le pic de Nyon se laissait coiffer le premier.

— Bah ! fit Bistèque. Ça ne veut peut-être rien dire. Le baromètre était encore sur « temps clair » quand on est partis, et, la cuisinière l'a dit, la météo ne changera pas avant demain.

Nous reprîmes notre marche, poussant toujours plus fort sur nos bâtons. Enfin, le milieu du plateau fut atteint. Les chalets, maintenant, se distinguaient nettement, plus éloignés l'un de l'autre que nous ne l'avions cru tout d'abord. L'un d'eux, le plus proche, paraissait le plus petit. Les aiguilles de glace qui pendaient de son toit étincelaient au soleil. Certainement, avant un quart d'heure nous y serions.

Mais la Guille s'arrêta à son tour. Le doigt tendu vers une échancrure de la montagne, devant lui, il montrait un léger nuage, aussi fin qu'une écharpe de soie, qui se glissait dans la fente et se déroulait lentement sur le plateau.

— Ah ! non, s'écria Gnafron. On ne va pas s'arrêter pour ça !

Après une hésitation, nous allions nous remettre en route quand Corget, à l'arrière, lâcha un cri :

— Le brouillard !

Sournoisement, contournant une croupe de montagne, une nappe de brume glissait vers nous. D'un seul coup, elle s'étala sur le plateau, nous enfermant dans sa masse cotonneuse. D'un seul coup aussi, l'éblouissante clarté se transforma en une pénombre grise. On ne distinguait plus rien à dix pas autour de soi. Pris de panique, Kafi vint se réfugier entre mes jambes et me regarda, comme pour me demander la raison de ce soudain changement.

— Rentrons vite ! ordonna Corget.

Serrant rageusement ses bâtons, Gnafron n'osa pas protester. Il avait compris le danger.

— Attention, recommanda la Guille, en tête. Ne perdons pas de vue nos propres traces !

Nous le suivîmes, en file indienne. Le brouillard devenait si épais que Corget, devant moi, n'était plus qu'une vague ombre mouvante qui, par instants, s'évanouissait complètement.

— Plus vite ! criait la Guille. Plus vite !...

Nous étions-nous avancés si loin sur le pla-

teau ? Il me semblait que nous aurions déjà dû en atteindre le bord. Fatigués par la longue montée, les jambes coupées par l'émotion, nous perdions le souffle.

Enfin, la voix lointaine de la Guille nous parvint. Il venait d'arriver sur l'arête du plateau ; nous étions sauvés. L'un après l'autre, nous le rejoignîmes. Pourtant, Corget s'étonna :

— Et Gnafron ?... Où est Gnafron ?

Gnafron n'était pas là.

— Il a probablement pris un peu de retard, dit Bistèque. Il marchait derrière moi ; il a peut-être eu des ennuis avec ses skis. Attendons-le !

Deux minutes, cinq minutes s'écoulèrent. Gnafron n'apparaissait toujours pas. Corget l'appela de toutes ses forces, puis la bande ensemble. Pas de réponse.

— Pourtant, répéta Bistèque, à moins de cinq cents mètres d'ici, il me suivait encore. Je l'entendais grogner en poussant sur ses bâtons.

— Restez tous les quatre ici, dit la Guille, je pars à sa rencontre.

Il disparut aussitôt dans la brume. L'air, tout à l'heure brûlant, était devenu glacé. Lentement, la vague clarté diminuait. Était-ce le brouillard qui s'épaississait encore ?... Le soir qui approchait ?

Enfin, la silhouette de la Guille troua le rideau de brume.

— Rien, dit-il, haletant, je ne l'ai pas retrouvé ! Je me demande ce qui a pu lui arriver. Tu es sûr, Bistèque, qu'il te suivait ?

— Absolument sûr.

— Je l'ai appelé plusieurs fois ; il m'aurait entendu. S'il avait fait une chute, je l'aurais trouvé, je ne me suis pas éloigné de la piste.

Que décider d'autre, sinon de reprendre tous ensemble les recherches. Dans l'obscurité grandissante, la bande s'engagea sur ses propres traces, le regard et l'oreille tendus. Nous marchions depuis quelques minutes quand le Tondu s'immobilisa. Il venait de remarquer, dans la neige fraîche, une large et profonde empreinte.

— Regardez ! Gnafron a fait une chute à cet endroit. Dans une telle épaisseur de neige, il n'a certainement pas pu se faire mal, mais il a peut-être cassé ses skis. Il n'est pas loin.

Des appels partirent encore dans le brouillard ; les voix portaient mal. Je demandai à Kafi de flairer l'endroit où Gnafron s'était effondré. Il reconnut son odeur, mais ensuite il me regarda, l'air de dire : « Je ne peux pas suivre sa trace dans la neige, c'est trop difficile. »

Que s'était-il passé ? En se relevant, Gnafron n'avait-il pas su retrouver la piste ? Alors, pourquoi aucune autre trace n'était-elle visible, aux alentours du point de chute ? D'autre part, s'il

s'était remis en route pour nous rejoindre, nous l'aurions forcément rencontré…

— Je ne vois qu'une explication, conclut Corget. L'empreinte prouve évidemment qu'il est tombé là, mais, en se relevant, au lieu de nous rattraper, il a brusquement décidé de se rendre seul aux chalets.

Je protestai vivement :

— Non ! Gnafron n'aurait pas fait ça ! Vous l'avez constaté comme moi, quand on a renoncé à aller jusqu'au bout, tout à l'heure, il n'a pas insisté. Il ne nous aurait pas lâchés comme ça.

— Alors ?

— Sa disparition ne s'explique pas.

Que devions-nous faire ? Il était plus de cinq heures. Bientôt, la vraie nuit serait là. Je proposai de descendre vers la vallée, prévenir M. Mouret. Corget s'y opposa.

— Non, Tidou, toi aussi tu te perdrais dans l'obscurité. On va essayer d'atteindre les chalets tous ensemble. On y retrouvera peut-être Gnafron. S'il le faut, on y restera jusqu'à l'aube.

Nous pénétrâmes à nouveau au cœur du lugubre plateau.

À chaque instant, nous croyions entendre Gnafron. Plus qu'un espoir : le retrouver à l'un des deux chalets.

Dans la nuit qui descendait, les traces s'estompaient de plus en plus. Nous devions progresser

lentement pour ne pas risquer de les perdre. De temps en temps, la Guille, toujours en tête, recommandait :

— Serrez ! Ne quittez pas des yeux cclui qui est devant vous !

Soudain, il s'arrêta, inquiet. Il venait de perdre la piste, complètement effacée par l'obscurité. Personne, bien sûr, n'avait pensé à emporter une lampe électrique. Qui pouvait supposer que nous en aurions besoin ? Pas la moindre allumette non plus. Penché sur la neige, chacun chercha, en effleurant la surface du bout des doigts, à retrouver le chemin perdu. Impossible de reconnaître le sillage des skis.

Que faire encore une fois ? Rebrousser chemin ?... Continuer d'arpenter le désert de neige, dans la direction supposée du chalet ?

— On ne doit pas abandonner Gnafron, déclara Corget. Il est peut-être là, tout près de nous. Si le brouillard se dissipait, on l'apercevrait sans doute. Essayons d'atteindre un des chalets pour nous y abriter. On repartira dès que le temps se découvrira.

Mais nous ignorions que la montagne, comme la mer, n'offre aucun point de repère et qu'on finit par tourner en rond. Au bout d'une demi-heure, nous avions l'impression d'être toujours au même endroit.

— Je suis à bout de forces, gémit Bistèque en se laissant tomber dans la neige.

Corget ordonna une pause. Dans la nuit totale, impossible de distinguer le cadran de nos montres. J'estimai qu'il était au moins six heures. M. Mouret devait commencer à s'inquiéter, surtout nous sachant partis pour une longue randonnée. Dire que nous avions pris toutes nos précautions pour être de retour à l'heure !

Assis dans la neige, nous dévorâmes avidement les provisions emportées. Chocolat et biscuits redonnèrent à chacun un peu de courage et d'espoir. Réconfortée, la bande se remit en marche, au hasard, mais, très vite, les skis redevinrent lourds aux pieds. Mon pauvre Kafi luimême semblait épuisé. De temps en temps il laissait échapper de petits grognements plaintifs.

— Il faut s'arrêter, supplia à nouveau Bistèque, je ne peux pas aller plus loin.

Nous étions d'ailleurs tous épuisés. Pourtant, il n'était pas prudent de rester immobiles dans le froid glacial.

— Une idée ! s'écria le Tondu... J'ai vu ça, un jour, dans un magazine. On peut construire une cabane avec des skis !

En un instant, les dix skis furent rassemblés. Talons disposés en cercle, sur la neige, pointes réunies en haut, ils formèrent bientôt l'armature d'une véritable hutte. De larges plaques de neige

bien tassée, déposées sur cette carcasse, élevèrent un mur épais et étanche. La cabane était assez grande pour nous contenir tous les cinq, accroupis, serrés les uns contre les autres. Kafi secoua sa fourrure pleine de neige et vint se coucher sur mes pieds qui se réchauffèrent aussitôt. Bientôt, une douce tiédeur, celle de nos corps rassemblés, imprégna la cabane. Je sentis que, s'il le fallait, nous pourrions tenir ainsi toute la nuit... mais Gnafron ?

Immobiles, les genoux serrés entre les bras, nous écoutions le lourd silence de la nuit, un silence angoissant, qui nous étouffait. Quelle heure pouvait-il être, maintenant ? En bas, M. Mouret devait s'affoler. Il avait sans doute déjà prévenu la gendarmerie, l'équipe de secours en montagne. Mais où nous chercher ? Si, au moins, nous lui avions indiqué la direction que nous devions prendre... Mais, encore une fois, qui aurait pu prévoir un si brusque changement de temps ?

À intervalles réguliers, l'un de nous se levait, inspectait les abords de la hutte pour sonder le ciel et, les mains en porte-voix, lançait des appels à la ronde. Gnafron ne répondait toujours pas et le brouillard s'était installé sur le plateau, comme s'il devait y demeurer éternellement.

Nous étions là depuis un long moment, quand je me levai à mon tour pour appeler. J'eus alors

l'impression que le brouillard qui nous emprisonnait s'était nettement atténué. Non, ce n'était pas une illusion, car mon chien, qui m'avait suivi, s'en rendit compte lui aussi. Au lieu de rester près de moi, il s'aventura un peu plus loin, dans la neige. Tout à coup, il se mit à aboyer. Je le rappelai :

— Reviens, Kafi ! Tu vas te perdre !

Il continua d'aboyer, sans me rejoindre. Avait-il découvert quelque chose ? Prudemment, guidé par sa voix, je m'avançai dans sa direction et, tout à coup, juste devant moi, se dressa une grosse masse sombre.

— Kafi vient de découvrir un chalet, à dix pas d'ici !...

Mes amis se précipitèrent hors de la hutte. Comme moi, ils n'eurent qu'un mot :

— Gnafron s'est peut-être réfugié là !

Fous d'espoir, nous fîmes le tour du chalet pour découvrir la porte. Mais celle-ci était fermée à l'aide d'un fil de fer que Gnafron aurait bien été obligé d'enlever pour entrer. Je pénétrai le premier à l'intérieur, à tâtons, saisi par une forte odeur d'humidité et de bois pourri.

— Gnafron !... Tu es là ?

Aucune réponse… Mon cœur se serra un peu plus. Si notre ami n'avait pu atteindre ce chalet, avait-il eu la chance de découvrir l'autre ? Mais cet autre chalet, où se trouvait-il ? Probablement

assez loin, comme nous l'avions constaté avant l'arrivée du brouillard.

Soudain, tâtonnant le long de la paroi, le Tondu poussa une exclamation. Il venait de découvrir une étagère et, sur cette étagère, un bougeoir où se dressait un reste de chandelle.

— Si les paysans ont laissé de quoi s'éclairer, s'écria Corget, tu trouveras peut-être aussi des allumettes !

En effet, promenant ses doigts sur l'étagère, le Tondu effleura une petite boîte métallique qui tomba sur le plancher en perdant son couvercle. Corget se précipita à terre.

— Oui ! Des allumettes, clama-t-il, triomphant.

Protégées de l'humidité par le métal, ces allumettes étaient encore bonnes. Au troisième essai, Corget réussit à en faire prendre une et – nouveau miracle – la bougie, elle aussi, accepta de brûler. Une mince lueur vacillante éclaira le chalet qui ne contenait, pour tout mobilier, qu'une caisse servant de table, un matelas posé sur un socle de bois et un grand coffre. Au fond, les paysans avaient laissé un tas de foin qu'à l'automne ils n'avaient sans doute pas eu le temps d'évacuer dans la vallée.

Le coffre n'était pas fermé à clef. Bistèque en retira un gros pain presque entier, vieux de six mois, dur, immangeable. Pourtant, dès que nous

le vîmes, nous sentîmes nos estomacs se réveiller et crier la faim.

— Mettons de la neige à fondre dans cette vieille casserole, suggéra le Tondu, et faisons-le tremper par morceaux !

Pour toute source de chaleur, nous ne possédions que la frêle bougie, placée sous la casserole. Dans l'eau à peine tiédie, le pain refusa d'abord de ramollir. Enfin, lentement, il se décida à gonfler. Nous nous jetâmes dessus comme sur des croissants frais et Kafi, qui eut sa part, se lécha les babines.

Alors, avec plus d'angoisse encore, nous pensâmes à Gnafron. Malheureusement, après l'éclaircie de tout à l'heure, le brouillard s'épaissit de nouveau. Il fallut renoncer à chercher l'autre chalet. D'ailleurs, dans quelle direction le trouver ? Cet après-midi, en débouchant sur le plateau, nous avions aperçu le plus petit à droite, c'est-à-dire vers l'est, mais, maintenant, où était l'est ? Et dans lequel des deux chalets venions-nous d'atterrir ?

— On ferait mieux de s'étendre et d'essayer de dormir, dit le Tondu ; on reprendra plus vite des forces pour repartir au secours de Gnafron dès que la brume quittera le plateau.

C'était, en effet, ce que nous pouvions faire de plus raisonnable. Pour me préserver du froid, je me glissai jusqu'au cou dans le foin, avec Kafi

qui s'y creusa une confortable niche. Malgré ma volonté de rester éveillé, au cas où des appels nous parviendraient, je me sentis gagné par une lourde fatigue qui me conduisit tout droit au sommeil... et à d'horribles cauchemars ! Je marchais dans la neige, dans d'immenses champs de neige, essayant de rattraper une petite forme noire qui fuyait devant moi. Je courais pour l'atteindre ; elle fuyait encore plus vite et, épuisé, je m'effondrais sur le plateau.

Mais tout à coup, à la fin d'un de ces cauchemars, je crus reconnaître la voix de Kafi. À demi éveillé, j'étendis la main pour le toucher. Il n'était plus là. Tout à fait réveillé, cette fois, je bondis hors du foin. Je me souvins qu'avant de se coucher Corget avait posé le bougeoir sur la caisse. Je frottai une allumette et allumai la bougie.

— Kafi ! Où tu es ?

Il avait dû sortir par l'entrebâillement de la porte disloquée que nous n'avions pas réussi à refermer complètement. Je m'avançai sur le seuil du chalet.

— Kafi !... Kafi !...

Des aboiements me répondirent aussitôt, et Kafi accourut. Il se frotta contre moi, poussant de petits grognements d'impatience. Pourquoi était-il sorti au lieu de rester au chaud près de moi ? Avait-il entendu du bruit sur le plateau ?

J'appelai mes amis :

— Levez-vous ! Kafi a vu ou entendu quelque chose !

À la maigre lueur de la bougie, nous explorâmes les abords du chalet. Rien. Pourtant, Kafi demeurait en alerte. Plusieurs fois, il fit semblant de partir, toujours dans la même direction, et revint tirailler le bas de mon anorak comme pour me dire : « Suis-moi ! »

Pourtant, Corget hésitait à se laisser entraîner. Dehors, la nuit était toujours aussi dense, le brouillard aussi épais. Allait-on se perdre encore une fois ?

Bistèque insista. Pauvre Bistèque ! Il se sentait un peu responsable de la disparition de Gnafron, jugeant qu'il aurait dû s'apercevoir que notre ami n'était plus derrière lui.

— Suivons Kafi ; il a peut-être entendu des appels !

Par précaution, nous emportâmes allumettes et bougie. Kafi nous guida dans l'obscurité mais, très vite, il se montra hésitant.

— Cherche encore, Kafi !

Dans la nuit glaciale, nous avancions comme des fantômes. Au bout d'un moment, de plus en plus inquiet, Corget ordonna :

— Rentrons. En nous éloignant nous risquons de ne plus retrouver le chalet.

Mais Kafi n'était pas satisfait. Il continuait de

pousser de petits grognements, toujours dans la même direction. Au moment où nous venions de faire demi-tour, il se planta devant moi comme pour me barrer le chemin et gronda furieusement. Je criai aux autres :

— Restez là, je vais voir avec lui ; quelques pas seulement. Je me guiderai grâce à vos voix pour vous rejoindre.

Kafi m'entraîna sur la gauche et, tout à coup, je me trouvai devant l'autre chalet. J'appelai mes amis, qui me rejoignirent aussitôt. Dans l'obscurité presque complète, ce chalet formait une énorme masse sur la neige. Il paraissait plus grand que celui que nous avions quitté. Gnafron s'y était-il réfugié ? Était-ce sa voix que Kafi avait reconnue ? Mais comment serait-il entré puisque la porte, elle aussi, était fermée par un fil de fer ? Corget promena la bougie devant le panneau de bois.

— Pourtant, remarqua Bistèque, regardez ! La neige a été dégagée au bas de la porte, pour faciliter l'ouverture.

— Et ces traces de skis, ajouta le Tondu... celles des deux hommes, certainement. Attention ! Ils vont peut-être venir, malgré le brouillard.

Je collai l'oreille contre le chalet. Aucun bruit à l'intérieur. Alors, Corget enleva le fil de fer alors que le Tondu l'éclairait avec la bougie.

Avec précaution, il poussa la porte et s'avança. Aussitôt, il recula en poussant un cri :

— Gnafron !

Notre ami était là, inerte, sur le plancher, bras et jambes attachés avec des cordes, la capuche de son anorak complètement rabattue sur son visage...

chapitre 11

Le visiteur solitaire

Nous nous précipitons. Corget relève la capuche qui couvre le visage de Gnafron. Les yeux fermés, notre camarade semble dormir. Est-il évanoui ?... blessé ?... serait-il... ?

Non, ce n'est pas possible ! À genoux devant le corps inerte, le Tondu constate avec soulagement qu'il n'a aucune blessure et respire régulièrement.

Il est simplement évanoui, comme Jeannette, l'autre jour. En tout cas, il n'a pas souffert du froid ; ses mains sont chaudes, même à travers ses gants.

Depuis combien de temps est-il ligoté sur le plancher ? Qui l'a surpris ? Pour l'instant, dans notre joie de l'avoir retrouvé, nous ne pensons

qu'à détacher ses liens, deux grosses cordes que ses agresseurs ont dû trouver sur place. Le pauvre Gnafron se laisse « déficeler » sans réaction, comme un mannequin.

— Essayons de le ranimer en le frottant avec de la neige, propose la Guille.

La neige glacée irrite sa peau et la rougit, sans autre résultat.

— Étrange ! fait Bistèque en se penchant. Toi, Tidou, tu as un bon odorat : approche-toi de son visage, sens.

Bistèque a raison. À chaque expiration, une odeur bizarre s'échappe des lèvres de Gnafron, une odeur de médicament... Notre camarade n'est pas simplement évanoui. On l'a endormi avec de l'éther ou du chloroforme. Nous nous regardons.

— Si c'est ça, soupire la Guille, on ne peut rien faire d'autre... qu'attendre son réveil.

J'aide le Tondu et Corget à le soulever et à le transporter pour l'adosser à la paroi du chalet. Il ne réagit toujours pas. Son visage, un instant coloré par les énergiques frictions, est redevenu pâle.

— Pour dormir comme ça, conclut Corget, on a dû lui faire absorber une bonne dose de somnifère.

La Guille hoche la tête.

— Pas forcément. Il ne dort peut-être pas depuis longtemps !

Pour moi, cela s'est probablement passé tout à l'heure, quand Kafi a aboyé. Mon chien a cru entendre les appels de Gnafron perdu dans la neige. C'était plutôt le ou les inconnus qui se sont jetés sur lui pour le ligoter. Pourtant, Bistèque secoue la tête.

— Qu'est-ce qui prouve que Gnafron a été attaqué ici ? Il a peut-être été surpris sur le plateau.

Ce n'est pas mon avis.

— Non, Gnafron n'a pas fait de mauvaise rencontre dans la neige. On ne voyait rien à dix mètres... En tout cas, les deux hommes, si ce sont eux, ne l'auraient pas amené ici. Ils ne tenaient pas à ce que quelqu'un sache ce qu'ils venaient faire. D'après moi, s'ils s'étaient trouvés dehors, nez à nez avec Gnafron, ils l'auraient tout simplement semé dans la brume.

Corget et le Tondu m'approuvent.

— Pourtant, remarque encore Bistèque, si Gnafron avait entendu du bruit, il se serait méfié ; il pensait que le chalet était le but de leur sortie. Il se serait caché dans un coin. Regardez, les endroits ne manquent pas.

Les cachettes ne manquent pas, en effet, car ce chalet, plus vaste que l'autre, est divisé en deux par une cloison percée d'une ouverture sans

porte. Gnafron n'est pas gros ; il serait passé inaperçu. Que s'est-il donc passé ?

— C'est simple, explique le Tondu, Gnafron n'avait pas l'heure. Il pensait être resté évanoui seulement quelques instants dans la neige. En entendant du bruit, dehors, il a cru que c'était nous.

— Probable, approuve Corget. D'ailleurs, il y a quelque chose d'étrange. Il est à peine minuit. Kafi a donné l'alerte il y a plus d'une demi-heure. À onze heures, les deux hommes étaient donc déjà ici. Pourtant, avec ce brouillard, la montée a pris plus de temps que d'habitude. Ils auraient donc dû quitter Morzine avant neuf heures, c'est-à-dire au moment où la station est encore pleine de monde.

La Guille fronce les sourcils.

— Où est-ce que tu veux en venir ?

— Je suis prêt à parier que Gnafron n'a pas été ligoté par les deux hommes.

— Par qui, alors ?

— Par d'autres... Ceux qu'on suivait sont probablement en route. Et on ne va pas tarder à les voir arriver !

Une nouvelle crainte nous saisit. À la lueur de la bougie qui termine de se consumer, nos visages paraissent atterrés. Mais soudain, je tressaille. Saisissant la bougie des mains de Corget, je me précipite au fond du refuge en m'écriant :

— Regardez !

Je viens de découvrir une feuille de papier, arrachée à un carnet, posée sur le plancher et où sont griffonnés ces mots :

Trouvé ce garçon ici. Il dort !!! N'a rien vu. Délivrez-le en partant, mais laissez-le dormir. Chalet terminé. Demain, même heure, cinquième étage, troisième rayon à droite.

Nous relisons plusieurs fois cet étrange griffonnage.

— J'en étais sûr, fait alors Corget, ce papier est destiné aux deux hommes de Morzine. Il a été écrit par d'autres, venus d'ailleurs et probablement en avance sur leur horaire. À cause du mauvais temps, ils n'ont pas attendu leurs complices.

Mais que signifie au juste ce message ? Le début paraît assez net. Les trois points d'exclamation après « *il dort* » prouvent que le sommeil de Gnafron n'est pas naturel. Le conseil de le laisser dormir quand les autres partiront est clair aussi. Il ne faut pas que Gnafron sache ce qui se passe ici. Mais que veut dire « *chalet terminé* » ?

— Probablement, suppose la Guille, que les complices se méfient. Par prudence, ils indiquent

qu'il n'y aura plus de rendez-vous ici… ce qui explique la suite.

— Oui, dit Corget, « *cinquième étage, troisième rayon à droite* », c'est un code secret entre les deux équipes pour désigner le nouveau rendez-vous.

Puis, consultant sa montre :

— Minuit moins le quart. Après tout, l'homme des neiges et son acolyte, eux aussi, seront peut-être en avance. Cherchons un endroit sûr pour nous cacher, avant que la bougie ne s'éteigne.

Nous explorons les deux parties du chalet. Derrière la cloison centrale, le grenier renferme du foin. Contre la paroi sont appuyés de vieilles planches et un traîneau sur lequel on a étendu une bâche verte, sans doute pour la faire sécher. Cette bâche servira de paravent pour dissimuler Gnafron. Quant à nous, nous nous cacherons dans le foin.

Aussitôt dit, aussitôt fait. Gnafron est étendu derrière la toile. Nous nous glissons dans le fourrage, prêts à nous y enfouir complètement à la moindre alerte. Soulagés de notre angoisse, maintenant que Gnafron est retrouvé, nous ne pensons plus qu'à l'homme des neiges. Non, nous n'avons plus peur ! À six avec Kafi, que craignons-nous ?

Dans une heure, peut-être avant, ils seront là. Mon cœur bat à cent à l'heure. Nous écoutons.

Rien. Pourvu que Gnafron ne se réveille pas juste au moment où ils arriveront. Ce serait la catastrophe !

Tout à coup, Kafi dresse l'oreille. Moi aussi, j'ai entendu. Derrière sa bâche, Gnafron a soupiré.

— Vite, Corget ! La bougie.

Gnafron vient de se réveiller ou, plutôt, il commence à s'agiter, comme quelqu'un qui sort d'un long sommeil. Il ouvre les yeux, cligne plusieurs fois des paupières en fixant la flamme de la chandelle, puis regarde autour de lui en passant la main sur son front.

— Les... les deux hommes !... ils... ils...

Il a du mal à articuler les mots et nous regarde fixement d'un air inquiet. Puis il se redresse, passe encore la main sur son front en soupirant. La Guille sort chercher de la neige et lui frotte les tempes avec. Il tressaille de la tête aux pieds et répète :

— Les deux hommes !... ils... Expliquez-moi.

Rapidement, sous la froideur de la neige que la Guille maintient sur son front, il retrouve ses esprits. Pressés par le temps qui passe, nous le questionnons tous à la fois :

— Parle, Gnafron ! Qu'est-ce qui s'est passé ?... Tu es venu seul dans ce chalet ?... Pourquoi tu nous as abandonnés, tout à l'heure, juste au moment où on arrivait au bout du plateau ?

Notre camarade essaie de rassembler ses souvenirs :

— Je ne sais pas ce qui m'est arrivé quand je vous suivais. J'étais à bout de forces, j'ai eu un vertige, un éblouissement, oui, c'est ça, un éblouissement. Je suis tombé dans la neige. Quand je me suis relevé, Bistèque n'était plus devant moi. J'ai voulu retrouver la piste, je crois que je me suis trompé de direction, j'ai dû repartir en sens inverse.

— Et alors ?

— Alors j'ai marché, marché... Je ne vous retrouvais pas. Je vous appelais, personne ne me répondait. J'ai cru devenir fou. Et, au moment où j'allais me laisser tomber dans la neige, épuisé, j'ai aperçu un chalet devant moi.

Il s'arrête, le souffle coupé par l'émotion et l'effort. Puis il reprend :

— Je suis entré pour me reposer, en me disant qu'ensuite, je repartirais à votre recherche. Je n'en ai pas eu le courage. J'ai senti que, si je me risquais de nouveau dans la neige, je tomberais d'épuisement et ne pourrais plus me relever. J'espérais que le brouillard se lèverait et que vous me trouveriez ici.

— Tu n'as pas pensé que c'était dangereux de rester là, à cause des deux hommes ?

— Je ne me rendais pas compte de l'heure. J'ai dû rester longtemps évanoui dans la neige.

Je pensais avoir du temps devant moi, avant leur arrivée... c'est pour ça que je n'ai pas eu peur quand j'ai entendu du bruit, j'ai cru que c'était vous. Je me suis précipité vers la porte et me suis trouvé face à face avec deux types. Ils m'ont demandé ce que je faisais là, en pleine nuit. J'ai raconté que le brouillard m'avait surpris sur le plateau.

— Tu as dit que tu n'étais pas seul ?

— Je n'ai parlé de personne.

— Ils étaient comment ces deux types ?... Tu les as reconnus ?

— Ils m'aveuglaient avec leur lampe de poche, je ne voyais que leurs silhouettes. Mais je crois que ni l'un ni l'autre n'étaient l'homme des neiges.

— Après t'avoir interrogé, qu'est-ce qu'ils ont fait ?

— Je ne sais pas ce qui s'est passé. Brusquement, l'un d'eux m'a saisi les poignets. Ils m'ont plaqué, sur la bouche, un mouchoir imprégné d'une drôle d'odeur... ensuite, plus rien, je crois que je me suis évanoui.

— Non, Gnafron, pas évanoui. Ils t'ont endormi et, ensuite, ligoté avec des cordes.

— Des cordes ? s'étonna Gnafron. Je ne me souviens de rien.

Pendant que Gnafron parle, Corget s'inquiète, à cause de l'heure.

— Comment tu te sens, maintenant ?

— Presque bien... j'ai seulement très mal à la tête.

— Tu peux te lever ?

— Bien sûr !

— Alors cache-toi dans le tas de foin, avec nous. On t'expliquera ce qui se passe.

Nous retournons dans notre cachette, et je garde Kafi près de moi en tenant son collier.

— Surtout, Kafi, retiens-toi d'aboyer ou de gronder, même si tu entends du bruit ; compris, Kafi ?

Alors, le cœur battant, nous attendons, cherchant à percer, à l'extérieur, le silence. Et il est impressionnant, ce grand silence de la nuit en haute montagne ! Je pense avec angoisse à M. Mouret. Il a dû donner l'alerte de notre disparition à Morzine. Le pauvre… Il avait tant voulu nous faire plaisir pour ce dernier jour de neige.

Le temps passe lentement. Gnafron, qui a retrouvé tous ses esprits, s'inquiète à son tour de l'heure, qu'il demande à Corget. Pour éviter de mettre le feu au foin, Corget sort un instant du foin et frotte une des dernières allumettes.

— Une heure du matin ! S'ils avaient renoncé à venir ? Si l'alerte donnée à Morzine par M. Mouret les avait dérangés au moment de partir ?

Mais Corget vient à peine de regagner sa

cachette que Kafi, contre moi, se met à trembler. Il fait des efforts pour se retenir de gronder. Je tire sur son collier. À voix basse, je glisse à l'oreille du Tondu, près de moi :

— Attention ! Kafi vient d'entendre un bruit !

Quelqu'un, en effet, s'est approché du chalet, on distingue nettement le frou-frou des skis dans la neige. Une main tâtonne contre la porte... la porte s'ouvre ; nous le devinons au courant d'air glacé qui pénètre jusque dans le grenier... la porte s'est refermée en grinçant légèrement. Un inconnu est entré ; il semble méfiant. Il est seul. Un rayon de lampe électrique se promène dans le chalet. J'entends un léger bruit de skis qui s'entrechoquent comme quand on les rassemble après les avoir enlevés. Aussi intrigué que nous, Kafi frémit contre moi, prêt à bondir, car, pour lui, ce chalet nous appartient puisque nous y sommes, et l'inconnu est entré sans permission dans notre maison.

Après avoir exploré la première salle, le faisceau se dirige maintenant vers le grenier. Nous nous glissons au fond du foin. L'homme s'avance. Nous a-t-il entendus ? Toujours au bruit, je comprends qu'il vient de déposer ses skis derrière le traîneau dressé contre la cloison, comme s'il voulait les cacher. Puis il retourne dans la première pièce qu'il semble explorer minutieusement. Je l'entends soulever une plan-

che, le couvercle du grand coffre de bois qui, comme dans l'autre chalet, doit servir à la fois d'armoire et de garde-manger. Que contient ce coffre ? Nous étions tellement bouleversés que nous n'avons même pas songé à l'ouvrir... Mais que se passe-t-il ? Une fois le couvercle retombé, plus aucun bruit. Le silence est redevenu total, comme si l'homme était reparti. Pourtant, il n'a pas rouvert la porte. La respiration suspendue, nous attendons. Un long moment s'écoule ; toujours le même silence.

— Bizarre ! murmure enfin le Tondu. On dirait qu'il est reparti, pourtant la porte n'a pas bougé... et il a laissé ses skis. Comment traverser le plateau sans skis ?

chapitre 12

Poursuite dans la nuit

L'oreille tendue, nous attendons. Le moindre mouvement peut nous trahir. Repliés dans le foin, mes membres s'engourdissent. Une brindille d'herbe sèche me chatouille une narine, je dois faire de grands efforts pour me retenir d'éternuer.

Un quart d'heure passe. Toujours le même silence. Kafi commence à s'impatienter. Cette présence immobile, à l'autre bout du chalet, l'intrigue de plus en plus. Il tire sur son collier.

Soudain, alors que je croyais l'avoir calmé, il lâche un grondement furieux. Aussitôt, le couvercle du coffre bascule. L'homme surgit.

— Qui est là ?

À sa voix, je comprends qu'il est jeune, la vingtaine environ. Nous ne répondons pas.

— Qui est là ? répète l'homme, dans l'obscurité.

Une main s'avance, effleure Gnafron qui pousse un cri.

— Lâche Kafi, rugit Corget, on nous attaque !

Incertain, je retiens toujours mon chien. L'homme braque sa lampe électrique dans notre direction et nous aperçoit.

— Qu'est-ce que vous faites là ?

— Et vous ? riposte le Tondu.

Le faisceau de la lampe nous éblouit. Impossible de distinguer les traits du jeune inconnu.

— Qu'est-ce que vous attendiez, caché dans le coffre ? questionne Corget à son tour.

Pas de réponse… Pendant quelques secondes, chacun de nous s'interroge. Nous sommes six et Kafi, à lui seul, vaut autant que toute la bande réunie. Corget me fait signe ; l'homme a compris. Il recule.

— Non, ne lâche pas ton chien ! Je vous expliquerai... tout à l'heure. Je ne suis pas votre ennemi. Au contraire, si vous êtes là, par hasard, à cause du brouillard, vous pouvez m'aider.

— Vous aider ?

Il paraît paniqué. Soudain, il tressaille, tend l'oreille.

— Écoutez ! Dehors !... Du bruit !... Ce sont eux ! Retournez dans le foin. Je vais me cacher dans le coffre.

Il éteint sa lampe et, à tâtons, se glisse vers le bout du chalet. Instinctivement, nous obéissons et nous glissons dans le fourrage. Nous y sommes à peine enfouis que des voix nous parviennent de l'extérieur. La porte s'ouvre. Je maintiens Kafi de toutes mes forces pour qu'il n'aboie pas de nouveau. Deux hommes sont entrés. Ils s'éclairent d'une lampe de poche et parlent à haute voix. À coup sûr, ce sont ceux que nous attendions. Mais alors, qui est l'autre ?

— Bizarre ! fait l'homme des neiges dont nous reconnaissons la voix. Ça sent la bougie. Les autres auraient oublié leur lampe ?

— Ils devaient avoir la tête ailleurs, renchérit le second. Tu as remarqué ? Ils n'ont même pas refermé la porte avec le fil de fer, en repartant.

Épuisés par la longue montée, ils soufflent un moment, puis la discussion reprend :

— Je me demande pourquoi il y avait tant de monde tout à l'heure à Morzine, quand on est partis. Le temps n'était pourtant pas très engageant… Et à plus de onze heures... !

— Bah ! Un accident sans doute, un skieur perdu dans le brouillard, et qui n'est pas rentré. C'est déjà arrivé le mois dernier. Tout Morzine était mobilisé.

— Il faudra se méfier, tout à l'heure, en redescendant, on pourrait faire de mauvaises rencontres.

Nouveau silence. Nous entendons les deux hommes déboucler leurs sacs et les déposer sur le plancher. Quelques instants plus tard, de petits bruits étranges nous parviennent, des grincements de planches puis des frottements, des froissements de papier. Que sont-ils en train de faire ?

La respiration suspendue, nous tendons l'oreille quand un bruit sec de planche projetée par terre nous fait sursauter. Le jeune inconnu vient de bondir hors du coffre ! L'homme des neiges lâche un juron, pousse un cri de douleur. Une lutte rapide s'engage entre l'inconnu et les deux arrivants. Une lampe électrique tombe par terre et s'éteint ; une autre, violemment projetée contre la paroi du chalet, s'éteint aussi. Mais l'obscurité n'arrête pas la lutte. Faut-il intervenir ? Ou, au contraire, laisser les trois hommes régler leurs comptes entre eux ?

Soudain, une voix lance dans notre direction :

— Au secours ! À l'aide !...

Nous surgissons de nos cachettes. Obéissant toujours à notre instinct, nous courons aider le jeune inconnu qui lutte seul contre les deux autres. Malheureusement, dans sa précipitation, Kafi entortille sa corde au montant du traîneau.

Dans l'obscurité, je n'arrive pas à le libérer. Pendant ce temps, mes amis ont sauté dans l'autre partie du chalet. Trop tard ! L'inconnu vient de recevoir un violent coup de poing. Il s'écroule et, se cognant à lui, Bistèque et la Guille trébuchent et tombent à leur tour.

— Vite ! lance une voix dans l'obscurité. Filons !...

Le temps, pour mes amis, de ramasser une lampe électrique, pour moi de détacher Kafi, les deux hommes ont disparu alors que l'inconnu repose, inerte, sur le plancher.

— Vous deux, Bistèque et Gnafron, commande Corget, restez près de lui ! Les autres, venez avec moi !

Nous perdons de précieuses minutes à retrouver nos skis enchevêtrés et à les chausser. Heureusement, les deux hommes, dans leur précipitation, ont laissé leur lampe et nous avons récupéré l'autre. La Guille repère aussitôt la trace des skis dans la neige.

— Ils sont partis de ce côté, suivez-moi !

Furieux de s'être stupidement ligoté au moment où nous avions besoin de lui, Kafi est déchaîné. Comprenant que nous entreprenons une chasse à l'homme, il bondit. Je hurle :

— Rattrape-les, Kafi !

Il disparaît devant nous et ses aboiements faiblissent vite, amortis par la neige. Lampe entre

les dents, pour éclairer la trace des fugitifs, la Guille pousse de toutes ses forces sur ses bâtons. Nous avons du mal à le suivre ! Nous avons parcouru quatre ou cinq cents mètres, quand mon cœur fait un bond. Je m'arrête net, les jambes coupées.

— Un coup de feu ! Kafi les a rejoints, ils ont tiré sur lui !

— Mais ils l'ont manqué ! crie aussitôt Corget. Il aboie toujours !

Presque au même moment, retentissent une deuxième puis une troisième détonation. Affolé, je lance de toutes mes forces :

— Vite ! Il faut secourir mon chien !

Nous fonçons de nouveau dans la brume. Trois, quatre coups de feu claquent encore, plus rapprochés, mais Kafi aboie toujours. Jamais nous n'avons skié aussi vite ! Malheureusement, pour tromper mon chien, les bandits slaloment de droite à gauche.

Enfin, brusquement, j'aperçois Kafi dans le rond lumineux de la lampe. Son oreille droite est couverte de sang. Il tient entre ses dents un petit objet de couleur sombre.

— Un revolver ! s'écrie la Guille.

Sans se soucier de sa blessure, battant de la queue, Kafi nous fait signe de le suivre... et nous découvrons deux silhouettes, immobiles, serrées l'une contre l'autre. Ce n'est pas difficile de reconstituer ce qui s'est passé. Perdus, ayant épuisé toutes leurs munitions, les deux hommes ont compris que leur fuite était inutile. Ah ! Kafi, tu viens encore de faire du bon travail ! Une balle a traversé le cornet de son oreille droite. Un peu de sang coule sur son pelage. Il ne s'en aperçoit pas. Il gambade autour de nous comme pour me dire : « Tu vois, Tidou, tu m'avais demandé de les arrêter, c'est fait. »

Et il me présente, comme un trophée, l'arme désormais inutile qu'un des deux hommes, dans un dernier geste de défense, a sans doute jetée vers lui. Mais, à notre arrivée, les fugitifs se reprennent.

— Rappelez votre chien ! ordonne le premier.

Je demande :

— Qu'est-ce que vous faisiez dans ce chalet ?

— De quoi vous vous mêlez, bande de vauriens ?

— Debout ! Suivez-nous !

Les deux skieurs nous prennent de haut.

— Vous suivre ? Jamais !

— On ne vous a pas demandé votre avis, prévient Corget, braquant sa lampe dans les yeux de l'homme des neiges. Remontez avec nous au chalet !

Ébloui, le bandit serre les poings et s'avance, le bras levé, menaçant. Kafi bondit. D'un seul élan, il l'atteint à l'épaule et arrache la manche

de son anorak blanc. L'homme pousse un grognement de colère et recule.

— C'est bon, lâche-t-il entre les dents... Mais vous allez le payer ! On réglera ça en bas, devant les gendarmes.

Furieux, ils reprennent leurs bâtons, avec lesquels ils n'ont pas réussi à se débarrasser de Kafi. Mon chien les suit, sur les talons, mais tout à coup il se retourne comme pour nous faire comprendre que nous avons oublié quelque chose.

— C'est vrai ! s'écrie le Tondu. Ils n'ont plus leurs sacs. C'est ce que Kafi veut nous dire.

En entendant le mot « sacs », Kafi frétille de la queue. C'est un mot qu'il connaît parfaitement. Quand j'habitais en Provence, à Reillanette, ce mot signifiait pour lui « partir en promenade dans les bois ». Nous revenons donc sur nos pas, et Kafi nous entraîne vers une bosse de neige. Cette neige recouvre les deux sacs que les fugitifs, malgré le harcèlement de Kafi, ont eu le temps de camoufler. Il faut croire que notre trouvaille les inquiète terriblement, car ils veulent nous empêcher de les ramasser.

— N'y touchez pas... ! Sinon !... s'écrie le photographe.

Les poings se lèvent de nouveau, mais Kafi veille. D'un deuxième bond, il déchire du haut en bas l'autre manche de l'anorak blanc. Effrayé, le complice fait un écart pour échapper à l'attaque.

Alors, le Tondu enfile les bretelles de l'un des sacs tandis que la Guille se charge de l'autre en disant :

— On les ouvrira tout à l'heure, devant Gnafron et Bistèque.

Nous nous remettons en marche, la Guille en tête suivi de nos deux prisonniers dont Kafi guette les moindres écarts. Jamais nous ne pensions avoir parcouru tant de chemin depuis le chalet. Heureusement, grâce à la précieuse lampe, la piste est facile à retrouver. D'ailleurs, le brouillard s'est un peu dissipé. Oui, il s'atténue. Le faisceau de lumière s'enfonce dans la nuit.

Enfin, le chalet ! Gnafron et Bistèque qui commençaient à s'inquiéter ont reconnu nos voix. Bistèque déclare aussitôt :

— Le jeune inconnu a dû recevoir un sacré coup de poing. Il ne bouge toujours pas. Impossible de voir son visage ; la bougie est usée.

À l'entrée du chalet, nos prisonniers hésitent. L'homme des neiges ne peut retenir un nouveau geste de menace, alors que l'autre se contente de serrer les mâchoires. Nous les alignons contre la paroi, sous la garde de Kafi. Baissant sa lampe, Corget dirige le faisceau lumineux vers l'inconnu. Le coup qui l'a envoyé à terre devait être terrible, en effet. Pourtant, quand la lumière passe sur son visage, ses paupières frémissent légèrement.

Corget se tourne vers les deux skieurs.

— Qui est ce jeune homme ?

Ni l'un ni l'autre ne répondent.

— Fouillons les sacs, décide Corget, on sera fixés !

Il a à peine commencé à délier les cordons que l'homme des neiges bondit. Mais Kafi est là. Rageusement, il se jette sur l'agresseur. Celui-ci pousse un cri de douleur et se réfugie dans un coin.

— Vite, des cordes, ficelons-les !

En un tour de main, les bandits sont solidement attachés. J'aide Corget et la Guille à ouvrir les sacs. Chacun renferme un gros paquet, soigneusement confectionné et assez lourd. À grands coups de canif, la Guille cisaille les ficelles. Une triple épaisseur de papier et de carton protège les colis. Brusquement, leur contenu s'étale à nos pieds.

— Des montres en or !

— Des bracelets !

— Des bagues, des colliers !...

Les deux hommes, pieds et poings liés, se regardent atterrés. Cette fois, ils sont pris !

— Des contrebandiers ! s'écrie Gnafron. Maintenant, je comprends tout. Leurs complices venaient, de l'autre côté de la frontière, avec les marchandises qu'ils cachaient ici, sous le plan-

cher... et ces deux types n'avaient plus qu'à les récupérer !

Puis, baissant le regard vers le jeune homme, étendu à terre, toujours immobile :

— Mais lui, alors ?... Ce serait un voleur qui les avait dépistés et cherchait à s'emparer du butin ?

Gnafron secoue l'inconnu pour tenter de le ranimer quand un bruit étrange, venu de dehors, nous fait subitement dresser l'oreille. Bistèque court vers la porte et revient en levant les bras.

— Une lumière qui bouge dans le ciel !... Venez vite !

Abandonnant nos prisonniers qui ne risquent pas de s'échapper, nous nous précipitons hors du chalet. Le brouillard s'est complètement dissipé. Parmi les étoiles, l'une d'elles, beaucoup plus grosse que les autres, se promène au-dessus du plateau en clignotant.

— Un avion ! observe la Guille.

Je précise :

— Non, pas un avion !... Un hélicoptère !

— Il est à notre recherche, faisons-lui des signes !

La Guille agite la lampe dans tous les sens. Presque immédiatement, le ronronnement et la lumière se rapprochent.

— Indiquons-lui qu'il peut atterrir ! s'écrie Gnafron.

Prenant la torche des mains de la Guille, Gnafron se met à courir dans la neige, décrivant un grand cercle qu'il boucle plusieurs fois. Le pilote a compris. L'hélicoptère se rapproche encore, s'immobilise juste au dessus de l'endroit où Gnafron a tracé son rond lumineux. On distingue maintenant sa grosse masse noire. Il descend lentement, prudemment ; il va atterrir. Fouettée par les grandes pales de l'hélice, la neige s'envole dans un tourbillon. Nous nous écartons, aveuglés.

— Ça y est, il s'est posé ! dis-je.

Et, tout à coup, une silhouette surgit et vient vers nous en courant.

— Tous sains et saufs ? demande une voix angoissée.

M. Mouret ! L'émotion lui coupe la parole. Au lieu de nous gronder, il nous serre contre lui comme il le ferait si nous étions ses propres fils.

— J'ai eu tellement peur ! Il a fallu attendre que le brouillard soit levé pour vous repérer ! Qu'est-ce qui vous est arrivé ?

— Une aventure extraordinaire ! s'écrie Gnafron.

Mais nous apercevons deux autres silhouettes. Ce sont les gendarmes de l'équipe de secours en montagne. Nous nous précipitons vers eux.

— Vous tombez bien !... Vous avez des menottes ? demande Bistèque.

Les gendarmes restent abasourdis.

— Des... des menottes ?... pour quoi faire ?

— Venez voir !

chapitre 13

Le troisième homme

Sept heures du matin ! Le petit jour commence à blanchir les hauts sommets. Le sauvetage est terminé. Trois voyages ont été nécessaires à l'hélicoptère pour évacuer le chalet. Habituellement, une promenade dans les airs nous aurait enthousiasmés. Mais après ce qui vient de se passer, nous n'avons même pas pensé à nous en réjouir.

Réconfortés par les grands bols de chocolat fumant que M. Mouret a préparés lui-même, nous nous retrouvons à la gendarmerie où les prisonniers ont été amenés.

Malgré l'heure matinale, toute la station est déjà debout, réveillée par les allées et venues bourdonnantes de l'hélicoptère. La nouvelle de notre aventure, et surtout celle de l'arrestation

de contrebandiers ont déjà fait le tour du village. Des gens se pressent devant la gendarmerie, pour avoir des détails. Le médecin, qu'on vient d'appeler, doit les pousser pour entrer.

Car l'inconnu, si durement frappé dans le chalet, n'est pas encore revenu à lui. Les gendarmes l'ont étendu sur un lit de camp, dans le bureau du brigadier. Il est grand et jeune, avec un visage allongé et des cheveux bruns. Le médecin l'examine longuement.

— Non, rien de grave, diagnostique-t-il. Un choc à la tête, mais aucune fracture. Cette piqûre l'aidera à reprendre ses esprits dans peu de temps.

— Et il sera peut-être plus bavard que ceux-ci ? grogne le brigadier en dévisageant les deux autres prisonniers à qui il n'a pas pu arracher un mot.

Nous attendons, anxieux. Je n'arrête pas de regarder cet homme étendu devant nous, et ne peux écarter une pénible pensée. Si c'était... ! Mais non, ce n'est pas possible... Le frère de Jeannette est parti travailler en Suisse. Pourquoi serait-il revenu ? Pourtant, la ressemblance ! L'âge !... Aurait-il menti à sa sœur ?... Était-il vraiment mêlé à cette affaire de contrebande ?...

Les autres Compagnons, je le sens, ont, comme moi, pensé à Billy, sans avoir jamais prononcé son nom. En voulant aider Jeannette, aurions-nous seulement mis le doigt sur une affreuse réalité ?

Le médecin reparti, l'inconnu ne tarde pas à s'agiter. Il remue le bout des doigts et, lentement, porte la main droite à sa tête, là où elle a heurté le plancher. Puis il laisse échapper un profond soupir. Enfin, ses paupières se soulèvent. Il promène autour de lui un regard vide. Soudain, il aperçoit les uniformes des gendarmes et son visage prend une expression d'épouvante. Il se dresse et, d'une voix angoissée :

— Je n'ai rien fait !... Je vous jure que je n'ai rien fait !

Puis, découvrant les deux prisonniers :

— Ce sont eux ! Oui, surtout le plus grand... Je ne fais pas partie de la bande, je n'ai rien fait !

Il se prend la tête dans les mains et se met à sangloter, comme un enfant.

— Votre nom ? demande le brigadier.

Le jeune homme relève lentement la tête.

— Je m'appelle Billy Nodier, je suis de Lyon.

Billy ! Nous tressaillons, bouleversés. Gnafron est devenu tout pâle. Alors, c'était bien le frère de la petite Jeannette ! L'émotion nous paralyse.

Mais, peu à peu, Billy reprend ses esprits. Après le choc nerveux qu'il vient de subir à la vue des gendarmes, il se ressaisit.

— Nous vous avons trouvé sans connaissance, dans un chalet du plateau, dit le brigadier. Qu'y

faisiez-vous ? Ces garçons assurent que vous y étiez entré pour vous cacher.

Billy se tourne vers nous et nous regarde longuement.

— Ces garçons ?... Oui, je me souviens. Je ne comprends pas ce qu'ils faisaient là-haut. Eux aussi s'étaient cachés dans le chalet.

— Ils affirment qu'après les avoir découverts, vous leur avez conseillé de se taire et que vous êtes reparti vous dissimuler dans un coffre. Quand les deux hommes que voici sont arrivés, vous n'avez pas manifesté votre présence, mais, au moment où ils allaient sortir, vous vous êtes jeté sur eux. Ces deux hommes, les connaissiez-vous ?

Billy regarde l'homme des neiges et son complice. Il hésite, visiblement apeuré. Puis, d'une voix qu'on distingue à peine :

— Oui, le plus grand, je le connais.

— Vous avez fait de la contrebande ensemble, reprend le brigadier.

Billy tressaille, puis, d'une voix énergique :

— C'est faux ! Je n'ai jamais fait de contrebande !

— Alors ces montres, ces bijoux en or qui viennent de Suisse ? C'est bien pour vous en emparer que vous vous êtes jeté sur ces deux hommes, non ?

— Vous ne pouvez pas comprendre...

Billy passe une main sur son front, comme pour chasser un cauchemar, et réclame un verre d'eau.

— Je vais tout vous dire, soupire-t-il.

Un silence total règne dans le bureau. Kafi lui-même se tient immobile, conscient de l'importance du moment. Nous attendons, anxieux. Enfin, Billy commence :

— Je n'ai rien fait... mais j'étais au courant. Ce trafic dure depuis plusieurs semaines, plusieurs mois. J'y ai été mêlé malgré moi. Je ne suis pas d'ici. Je suis venu à Morzine à la fin de l'été dernier pour travailler à la construction du nouveau téléférique. Quand les travaux ont été interrompus, après l'accident, je me suis retrouvé au chômage. C'est à ce moment-là que je suis entré à Photo-Flash. J'étais venu quelquefois au magasin acheter des pellicules. Comme j'étais capable de développer des photos, cet homme m'a proposé du travail, disant qu'il aurait besoin d'un employé quand viendrait la pleine saison. J'ai accepté en attendant la réouverture du chantier. Ce type savait que j'avais besoin d'argent pour aider ma grand-mère à faire réparer une petite maison de campagne. Au bout de quelques semaines, il m'a proposé un travail supplémentaire. Il s'agissait d'aller chercher des cristaux de roche dans la montagne.

— Des cristaux ? s'étonne le brigadier.

— Il m'a expliqué que ces cristaux ne se trouvaient qu'en hiver, quand le gel fait éclater les rochers. Ça ne m'a pas étonné. J'avais lu dans un journal que ce genre de cristaux existait en haute montagne et qu'à Chamonix, il se vendait en magasin.

— À Chamonix, oui ! s'écrie le brigadier. Mais pas à Morzine. Personne, dans le coin, n'en a jamais trouvé un seul.

— C'est ce que j'ai appris, mais trop tard. Comprenez-moi, c'était la première fois que je venais dans cette région. Cet homme m'a expliqué qu'il ne savait pas, lui-même, reconnaître les pierres cristallines, mais il s'était associé avec des gens d'ici, habitués à l'escalade. Il les leur achetait pour les revendre à Paris. Ces cristaux étaient déposés dans un chalet abandonné. Moi, je devais l'aider à les descendre dans la vallée. Une nuit, il m'a emmené là-haut.

— Une nuit ? interrompt encore le brigadier. Ça ne vous a pas surpris ?

— Si, mais il avait pensé à tout. D'après lui, la nuit, les risques d'avalanches étaient moins grands ; il aimait aussi beaucoup skier la nuit sous prétexte qu'on avait l'impression d'avoir toute la montagne à soi... Et puis, dans la journée, il devait aider sa femme à tenir le magasin. Je l'ai accompagné trois fois, ce qui n'était pas facile, car je ne suis pas bon skieur.

— Et vous montiez au chalet où on vous a découvert cette nuit ?

— Non, pas à celui-là...

Billy s'arrête un instant pour reprendre sa respiration.

— Donc, poursuit-il, je suis monté là-haut trois fois. Le drame a éclaté au troisième voyage. Au magasin, le photographe avait pris soin de me montrer quelques cristaux, trouvés, d'après lui, aux environs de Morzine. Mais je n'avais jamais vu le contenu des paquets qu'on rapportait. Je commençais à avoir des doutes. Il prenait trop de précautions, les colis me semblaient trop bien faits pour être confectionnés en haute montagne. Alors, j'ai voulu savoir ce qu'ils contenaient. Cette troisième nuit, une nuit de brouillard comme hier, pendant qu'on redescendait vers la vallée, j'ai fait semblant de me perdre. J'ai ouvert le paquet, j'ai vu ce qu'il renfermait : des montres et des bijoux. J'ai compris que cet individu était un trafiquant.

— Alors ?

— Ma première pensée a été : « Dès qu'on sera en bas, j'irai prévenir la police. » Sauf que le photographe a surgi, dans le brouillard, au moment où je reficelais le paquet. Une violente dispute a éclaté. Il savait que j'avais laissé, à Lyon, une grand-mère et une sœur que j'aimais beaucoup. Il connaissait leur adresse et avait tout

prévu. Il m'a menacé : si je parlais, il se vengerait sur elles... Et si lui se faisait arrêter, ses complices mettraient sa menace à exécution. D'ailleurs, moi aussi, au fond, j'étais un complice. Dès notre retour à Photo-Flash, il m'a entraîné dans le laboratoire et là, en me pointant un revolver sur la tempe, il m'a fait signer un papier où je reconnaissais être mêlé à son trafic.

Billy se tait un long moment, à bout de souffle, la gorge serrée par l'émotion.

— Et qu'avez-vous fait ? questionne le brigadier.

— Malgré ces menaces, je suis sorti pour aller vous parler. Mais, au moment où je passais devant le *Relais des Dranses*, la patronne de l'auberge m'a tendu une lettre que le facteur venait de déposer, une lettre de ma petite sœur ; elle m'écrivait de son lit, malade, puisque ma grand-mère, presque aveugle, ne pouvait pas le faire. Alors, une soudaine frayeur m'a saisi. Je n'ai plus pensé qu'à Jeannette. Si cet escroc mettait sa menace à exécution, comment ma sœur pourrait-elle lui échapper ?

Accablé, Billy baisse la voix :

— Je n'ai pas eu le courage d'aller plus loin. J'ai erré plusieurs jours dans Morzine, sans oser dénoncer cet homme. Puis j'ai fait croire que j'avais trouvé du travail en Suisse. Je l'ai même écrit à ma sœur, en lui demandant de ne

pas s'inquiéter si elle restait quelque temps sans nouvelles... et j'ai disparu.

— En Suisse ? demande le brigadier.

— Non, je ne connaissais personne là-bas. Je suis simplement parti dans une vallée voisine ; sous un faux nom, je me suis fait embaucher dans un petit atelier de mécanique. Plusieurs fois, en cachette, je suis revenu à Morzine surveiller les allées et venues autour de Photo-Flash. L'homme des neiges m'avait trouvé un remplaçant moins naïf que moi sans doute, et moins honnête. Malheureusement, les rendez-vous n'avaient plus lieu au même endroit. J'ai eu beaucoup de mal à découvrir la nouvelle cachette. Je l'ai dit, je ne suis pas très bon skieur. Ce n'était pas facile de suivre les deux hommes, de retrouver leur piste dans la neige fraîche. Enfin, j'ai eu la certitude que le nouveau repaire se situait dans le chalet où on m'a trouvé cette nuit. Je suis parti hier après-midi, par un chemin détourné. Il faisait grand soleil, mais, très vite, la brume m'a surpris. J'ai quand même poursuivi la montée. Je me suis perdu. J'ai marché longtemps, très longtemps. La nuit est venue, je n'ai pas renoncé. Alors, j'ai atteint le refuge. Il était très tard. Je ne savais même pas quelle heure il était parce que ma montre s'était arrêtée lors d'une chute. J'ai écouté devant la porte, avant d'entrer. Il n'y avait personne... du moins je le croyais. Je me suis demandé si les complices, venus de Suisse, étaient déjà passés. J'avais emporté des cordes. Je prévoyais de les laisser déposer leurs paquets, puis de me jeter sur eux, de les maîtriser, l'un après l'autre, de les ligoter et de les transporter, bâillonnés, dans le tas de foin. Après, j'aurais attendu les autres et je me serais débarrassé d'eux de la même façon. Ensuite, je serais descendu avertir la gendarmerie.

Billy soupire encore :

— Bien sûr, c'était fou de m'attaquer seul à quatre hommes, mais je voulais que toute la bande soit prise en même temps... et je comptais sur la chance, sur mon courage... Quand le chien de ces garçons a aboyé, je n'ai pas compris ce qui m'arrivait. J'ai bondi de ma cachette. Pensant qu'ils s'étaient réfugiés là par hasard, j'ai voulu leur expliquer ma présence. Je n'ai pas eu le temps ; les deux autres arrivaient. J'ai demandé aux garçons de se cacher et j'ai regagné le coffre où je me cachais. À la voix, j'ai aussitôt reconnu le photographe. J'ai attendu que les deux hommes s'emparent de leur butin, placé sous des lames du plancher, et j'ai bondi. Mais la chance ne m'a pas aidé... et les garçons ont surgi trop tard... Maintenant, c'est fini.

Billy relève la tête, regarde le brigadier.

— J'imagine que vous ne me croyez pas... Pour vous, je suis un complice, peut-être celui qui

apportait, là-haut, les paquets de contrebande... ou bien vous pensez que je comptais régler, à coups de poing, une question d'argent ?

Le brigadier ne répond pas, visiblement embarrassé et impressionné par ce récit. Mais il n'est pas gendarme pour rien. Ce ne serait pas la première fois qu'un malfaiteur joue la comédie pour échapper à la justice. Cette pensée, Billy l'a comprise. Alors, instinctivement, il se tourne vers nous, comme s'il devinait que nous pouvons l'aider. Gnafron, toujours très pâle, saisit l'occasion. D'une voix ferme, il déclare :

— Nous, on peut prouver qu'il s'appelle bien Billy Nodier et que ce qu'il a dit est vrai.

Brigadier et gendarmes restent interloqués.

— Comment !... Vous le connaissiez ?

— On ne l'avait jamais vu avant cette nuit, mais on le connaît par sa sœur.

— Sa sœur ?...

— Oui, poursuit Gnafron, avec la même assurance, on peut prouver qu'il a dit la vérité. Cette lettre à sa sœur, dont il a parlé, il l'a réellement écrite. On l'a eue entre les mains. On pourrait même la réciter par cœur. En tout cas, depuis huit jours, on surveille les sorties du photographe. Billy n'était pas avec lui. L'homme qui l'accompagnait était bien celui-ci. On n'a pas pu nous tromper.

— Et l'épisode du chalet, enchaîne la Guille,

s'est exactement passé comme il l'a raconté. Il s'est précipité hors du coffre pour maîtriser les deux hommes et nous a appelés à son secours. S'il était coupable, il aurait cherché à s'enfuir quand le chien de Tidou a aboyé. Il allait tout nous expliquer, quand les autres sont arrivés. Il n'en a pas eu le temps.

À mon tour, je me plante devant les gendarmes.

— Et on peut aussi fournir la preuve que le photographe avait peur d'être dénoncé par lui. Il est allé jusqu'à Lyon, chez la petite Jeannette, pour essayer de savoir ce qu'était devenu Billy. Il avait même pris la précaution de se déguiser, avec une fausse moustache et des lunettes.

— S'il était déguisé, objecta le brigadier, comment a-t-on pu le reconnaître ?

— À cause de sa bague, cette grosse bague qu'il porte au petit doigt. Regardez-la de près. Elle porte l'initiale M. D'ailleurs, lisez ! On a des lettres qui vous donneront tous les détails.

Je sors de la poche de mon anorak les lettres de Mady et les tends au brigadier. Il les parcourt rapidement, puis nous regarde, complètement ahuri.

— Alors, bredouille-t-il, vous... vous saviez tout ?

Mais le plus stupéfait, c'est bien le pauvre Billy. Il promène sur nous un regard effaré, se

demandant s'il ne rêve pas. Quant à M. Mouret, c'est simple, il en reste bouche bée.

— Mais… mais… répète-t-il, ce n'est pas possible !

Pour le convaincre, et convaincre les gendarmes, nous racontons l'aventure secrète qui, pendant ces trois semaines, nous a tenus en haleine. Billy écoute, suspendu à nos lèvres. En apprenant que sa petite sœur est venue à Morzine, qu'elle a failli mourir dans la neige, il s'avance vers nous, les bras tendus, pour nous serrer la main.

— Alors, s'écrie-t-il, vous l'avez sauvée !... Vous l'avez même sauvée deux fois puisque, sans vous, ces bandits courraient encore et se seraient peut-être vengés sur elle. Oh ! Comment vous remercier de ce que vous avez fait pour elle... pour moi ?

Des sanglots montent dans sa gorge, sa voix se trouble.

— Excusez-moi, reprend-il, mais l'émotion est trop forte, je ne peux pas m'empêcher de pleurer... mais cette fois, c'est de joie !

Nous essuyons nos yeux humides. Les gendarmes essaient de cacher qu'ils sont, eux aussi, attendris. Enfin, le brigadier se tourne vers les contrebandiers.

— Qu'avez-vous à dire pour votre défense ?

Les deux bandits baissent la tête et se taisent.

Puis l'homme des neiges regarde Kafi en serrant les poings.

— C'est à cause de ce sale chien, murmure-t-il entre les dents.

— Il ne s'agit pas du chien, reprend un gendarme. Je répète : qu'avez-vous à dire pour votre défense ?

Le photographe laisse échapper un soupir de résignation. Comprenant qu'il n'est plus possible d'échapper à la justice, il reconnaît que Billy n'est pour rien dans cette affaire de contrebande. L'autre accepte de livrer le nom des deux complices qui, de Suisse, leur apportaient les paquets de bijoux.

Alors, l'angoisse qui comprimait le cœur de Billy depuis des semaines se desserre. Pour la première fois, un sourire apparaît sur son visage amaigri. Il tend les mains vers nous.

— Merci, mes amis ! Merci !

Puis, se penchant pour caresser Kafi :

— Merci à toi aussi. Tu nous as tous sauvés !

chapitre 14

« Pas de photographes ! »

Le train roulait à toute vitesse dans la grisaille d'un paysage monotone où les arbres nus, sans les scintillements de la neige, avaient l'air de pauvres êtres morts.

Pourtant, nous n'étions pas tristes et, ce matin quand nous avions quitté Morzine, nous n'étions pas tristes de laisser les éblouissants champs de neige. Au contraire, nous étions heureux : partis de Lyon à trente-six, nous revenions trente-sept !

Car Billy était avec nous. Ce matin, en quittant la gendarmerie, M. Mouret l'avait emmené au gîte. Après une telle nuit, le pauvre garçon avait besoin de réconfort... Il avait grand besoin, sur-

tout, qu'on lui parle de sa sœur, dont il ne savait rien depuis si longtemps.

Quand il avait appris que nous quittions Morzine le jour même, il n'avait pas hésité. Tant pis pour ses affaires, restées dans un village de l'autre côté de la montagne ; il reviendrait les chercher plus tard. Il rentrerait à Lyon avec nous et reverrait tout de suite sa grand-mère et sa sœur.

Installé dans notre compartiment, il se remettait de ses terribles émotions et souriait. Nous l'avions tout de suite adopté, comme un grand frère. Il était si sympathique !

M. Mouret, lui aussi, s'était assis parmi nous. Le pauvre ! Il n'était pas encore remis, lui, de sa nuit d'angoisse. Ah ! Il s'en souviendrait longtemps de son dernier jour à Morzine !

— Quand j'y pense..., répétait-il. Vous saviez qui était cette fillette trouvée dans la neige et vous n'aviez rien dit à personne... même pas à moi !

— Oui, avoua Gnafron en rougissant... C'est surtout ma faute. Plusieurs fois, on a été sur le point de tout vous raconter. Mais on avait peur que vous ne nous empêchiez de continuer notre enquête, que vous ne parliez aux gendarmes.

— Vous étiez si sûrs de retrouver vous-mêmes Billy ?

— Oh ! Non, m'sieur, pas sûrs du tout... mais

c'était plus fort que nous... Comme Jeannette, Billy n'avait rien fait de mal, il fallait le sauver.

— Je vous comprends ! fit enfin le professeur en souriant. Mais avouez que vous m'avez fait passer une drôle de nuit ! Si je n'ai pas fait une crise cardiaque, c'est que mon cœur est solide !

— Et nous, alors ! renchérit le Tondu. Si vous saviez la peur qu'on a tous eue quand le brouillard est arrivé ! Et dire qu'on avait pris toutes nos précautions pour être de retour à l'heure.

— Je sais, approuva M. Mouret en lui posant la main sur l'épaule, ce n'est pas entièrement votre faute. Maintenant que tout est fini, et bien fini, je vous pardonne... et même, je vous félicite pour votre courage... sans oublier votre chien qui, finalement, a bien profité de cette classe de neige !

Et, regardant l'oreille trouée de Kafi qui s'approchait pour demander une caresse :

— Quand je pense que ces bandits auraient pu le tuer… Un si bon compagnon, si intelligent et courageux !

Mais nous approchions de Lyon. Dans la nuit qui tombait, les lumières défilaient plus nombreuses, derrière les vitres. Nous traversions la banlieue. Au loin, se découpant sur le ciel, je reconnus notre colline de la Croix-Rousse. Puis le train franchit le Rhône, dont les eaux reflétaient les lampadaires des quais. Mon cœur se mit à

battre très fort. Ce matin, en quittant la gendarmerie, j'avais couru à la poste envoyer un télégramme à Mady, un télégramme qui disait simplement : « PRÉVIENS JEANNETTE : BILLY RETROUVÉ, ON RENTRE CE SOIR AVEC LUI. » Le message était-il bien arrivé ? Mady avait-elle eu le temps d'avertir Jeannette ?

Enfin, après avoir longtemps ralenti, le train pénétra sous le grand hall de la gare. Penchés à la fenêtre, nous scrutions la foule qui se pressait sur le quai. Tout à coup, je reconnus, côte à côte, le manteau bleu de Mady et celui, vert pomme, de Jeannette, devant une vieille femme qui s'appuyait sur une canne blanche.

Oh ! Cet instant où Billy, sautant le premier sur le quai, se précipita vers sa sœur et sa grand-mère pour les serrer dans ses bras ! Cet instant, je ne l'oublierai jamais. C'était notre plus belle récompense.

— Billy ! répétait Jeannette en pleurant. Je croyais t'avoir perdu pour toujours. Pourquoi nous avoir laissées si longtemps sans nouvelles... ?

Pauvre Jeannette ! Les seuls moments où elle s'arrêtait de poser des questions étaient pour embrasser encore son frère. La laissant à ses retrouvailles, nous nous étions tournés vers Mady, tout aussi émue et absolument effarée.

— Moi non plus, je ne comprends pas, répétait-elle en nous serrant dans ses bras. Tidou, d'après ta dernière lettre, celle que j'ai reçue hier, vous n'aviez plus aucun espoir de réussir. Qu'est-ce qui s'est passé depuis ?

— Beaucoup de choses, Mady !... Demande plutôt à Kafi.

Elle se pencha vers mon chien, comme s'il pouvait répondre, mais, au moment où elle tendait la main pour le caresser, elle laissa échapper un petit cri :

— Son oreille ! Il a eu un accident ?

— Pas un accident... une balle !

Mady ouvrit des yeux effrayés.

— Une balle ?... Vous avez eu affaire à des malfaiteurs ?

Je commençai le récit de notre aventure mais, au même moment, plusieurs personnages nous entourèrent, se penchant vers nous, carnets en main.

— Des journalistes ! s'écria Bistèque.

Comment ? Des journalistes ? Notre poursuite dans la neige, l'arrestation des contrebandiers étaient déjà connues à Lyon ? Et qui avait annoncé notre arrivée par ce train ? Encore un mystère... mais celui-là, nous ne chercherions pas à l'éclaircir !

Les questions se sont mises à pleuvoir autour de nous, rapides, précises, pressantes.

— Ah ! non, s'écria tout à coup Gnafron en

apercevant un appareil photo braqué dans notre direction. Pas de photographes !... On en a assez des photographes !

Jouant des coudes, se démenant comme un beau diable, il tentait d'écarter le malheureux journaliste qui reculait, protégeant de son mieux son appareil.

— Allez, Gnafron, intervint alors Mady, laisse-le faire son métier. On sera bien contents, plus tard, de regarder cette photo, où on sera tous réunis avec ceux que vous avez sauvés.

Gnafron n'insista plus et sourit. Bah ! Après tout, il n'avait rien contre les photographes... en général. Et pourquoi ne pas faire plaisir à Mady qui, de loin, nous avait tant aidés ?

Alors chacun prit la pose, Kafi au premier plan, les oreilles dressées, comme s'il tenait absolument à ce qu'on voie bien le méchant souvenir que lui avait laissé l'homme des neiges...

Quel nouveau mystère les Six Compagnons devront-ils résoudre ?

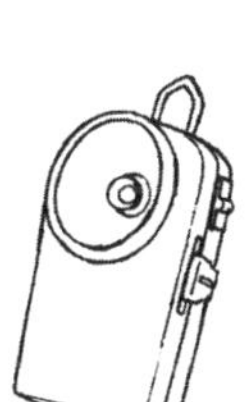

Pour le savoir, regarde vite la page suivante !

Tidou, Kafi
et les autres sont prêts
à mener l'enquête

Dans le 3e tome de la série
Les Six Compagnons
et le mystère du parc

Cet été, les Six Compagnons passent les vacances à Valence ! Pendant une promenade, ils font la connaissance d'un sympathique clochard dans un jardin public. Mais, dès le lendemain, une terrible rumeur envahit la ville : un enfant aurait été enlevé, en pleine nuit, dans ce même parc ! Pour la police et les habitants, aucun doute : le nouvel ami des Six Compagnons est le suspect numéro un...

Pour connaître la date de parution de ce tome,
inscris-toi vite à la newsletter du site :
www.bibliothequerose.com

Retrouve aussi le 1er tome de la série

Les Six Compagnons de la Croix-Rousse

Tidou quitte son village natal pour venir habiter à Lyon. Quand son chien Kafi disparaît, il reçoit l'aide des « gones » de son école, et de Mady, une jeune fille handicapée. Mais bien vite, la bande découvre que les quartiers de Lyon sont pleins de mystères... pleins de dangers aussi !

Table

« Pour l'éditeur, le principe est d'utiliser des papiers composés de fibres naturelles, renouvelables, recyclables et fabriquées à partir de bois issus de forêts qui adoptent un système d'aménagement durable. En outre, l'éditeur attend de ses fournisseurs de papier qu'ils s'inscrivent dans une démarche de certification environnementale reconnue. »

Composition MCP – ***Groupe JOUVE*** – 45770 Saran
N° 015522G

Imprimé en France par Jean-Lamour – Groupe Qualibris
Dépôt légal : avril 2010
20.20.2029.5/01 – ISBN 978-2-01-202029-0

Loi n° 49-956 du 16 juillet 1949
sur les publications destinées à la jeunesse.